브리즈번으로
띄우는 편지

브리즈번으로 띄우는 편지

발행일   2023년 7월 11일

지은이   조용태
펴낸이   손형국
펴낸곳   (주)북랩
편집인   선일영   편집   정두철, 윤용민, 배진용, 김부경, 김다빈
디자인   이현수, 김민하, 김영주, 안유경   제작   박기성, 구성우, 변성주, 배상진
마케팅   김회란, 박진관
출판등록   2004. 12. 1(제2012-000051호)
주소   서울특별시 금천구 가산디지털 1로 168, 우림라이온스밸리 B동 B113~114호, C동 B101호
홈페이지   www.book.co.kr
전화번호   (02)2026-5777   팩스   (02)3159-9637

ISBN   979-11-6836-976-4 03810 (종이책)   979-11-6836-977-1 05810 (전자책)

(주)북랩 성공출판의 파트너
북랩 홈페이지와 패밀리 사이트에서 다양한 출판 솔루션을 만나 보세요!
홈페이지 book.co.kr   •   **블로그** blog.naver.com/essaybook   •   **출판문의** book@book.co.kr

작가 연락처 문의 ▸ ask.book.co.kr
작가 연락처는 개인정보이므로 북랩에서 알려드릴 수 없습니다.

브리즈번으로 띄우는 편지

조용태 에세이

 북랩

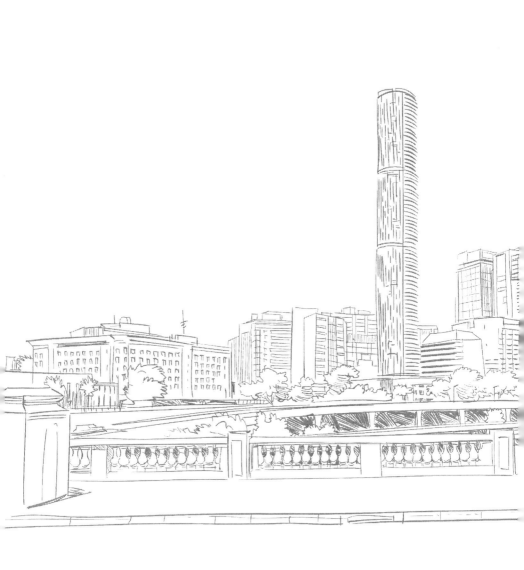

Contents

1. 이른 새벽에 나타난 안나의 얼굴

안나의 염력이 나에게 전해진 것일까?

"이럴 수가 있나? 아무래도 이상하다!"

이렇게 혼자 중얼거린 지 며칠이 되었을까?

날마다 안나의 생각에 파묻혀 헤어 나오지 못하고 죄짓고 양심의 가책에 쫓기듯 마을버스 1회 왕복 운행을 하고 난 뒤 쉬는 시간에 출발점인 동래문화회관을 다람쥐 쳇바퀴 돌 듯 빙글빙글 돌고 있다.

하루 이틀 지나면 잊힐 줄 알았던 안나의 생각이 날이 가면 갈수록, 더욱더 심해졌다.

평소 안나의 생각이 가끔 나기는 했지만, 이렇게 커다란 안나의 얼굴이 이른 새벽에 나를 내려다보는 모습은 처음이었다. 잠결에 놀라 눈을 번쩍 뜨고 일어나 앉았다. 안나의 생각에 눈을 떴을까? 갑작스레 일어난 일이라 꿈인가 싶어 한참을 멍하니 생각해 보았으나 분명 꿈이 아니었다. 안나의 커다란 얼굴이 나를 내려다보는 모습밖에는 없었기 때문이다.

오랫동안 마음의 짐을 안고 살아왔기 때문에 일어난 정신적 착란일까?

몇 시쯤 되었나 싶어, 새벽 5시에 울리도록 맞춰 놓은 알람 시계를 보니 아직 새벽 5시가 되지 않았다. 어찌 된 일일까? 왜 꿈도 아닌 상태에서 이른 새벽에 갑자기 안나가 나타났을까?

마음속으로 놀랍기도 하고 신기하기도 했다.

안나를 처음 본 것은 33년 전이고 세상에 둘도 없는 이별을 한 것은 30년 전이다. 내가 여기서 세상에 둘도 없는 이별이라고 말하는 것은 조금 과장된 표현 같지만, 느닷없이 안나 생각이 떠오를 때면 '세상에 이렇게 기묘한 만남과 이별이 있었을까?' 하는 생각이 자주 들었기 때문이다.

생각해 보니 그렇게 마음의 짐을 안고 살면서도 지난 30년 동안 안나가 꿈에 나타난 적이 없었다. 그런데 왜 갑자기 이런 이상한 일이 나타났을까?

　가끔가다 안나의 생각이 떠오를 때면 인간 세상에 일어나는 안타까운 이별 중 한 장면이려니 하다가도 혹시라도 '안나가 지울 수 없는 마음의 상처를 입지 않았을까?' 하고 생각하면 진실을 말하지 못한 미안함이 늘 가슴에 앙금처럼 남아 마음을 짓눌리며 살아왔다.

　안나를 두 번째 본 뒤로도 3년 동안 안나의 존재를 전연 의식하지 않았고 의식하지 않을 수밖에 없는 운명의 시간이었다.

　상념에 빠졌다가 이내 다시 잠들기도 어중간하여 조금 일찍 마을버스 회사에 출근했다.

　'내일이면 잊히겠지…. 내일이면 잊히겠지…' 했지만, 오전반의 일주일이 지나고 오후반이 되어도 안나의 생각은 이어졌고, 아침에 눈을 뜨면 마치 기다리고 있었다는 듯 곧바로 안나의 얼굴이 떠올랐다.

　날이 가면 갈수록 더욱 심해져 다른 곳에 정신을 집중시키는 짧은 시간을 빼고는 안나의 생각에 골몰히 멈추어진 상태로 하루하루가 가더니 이제는 가슴이 콩닥거리고 여름날 동물원의 우리에 갇혀 머리와 다리를 쉼 없이 흔들어대는 북극곰처럼 마음이 안절부절못하지만 아무런 대책이 없다.

"그리도 큰 죄가 되었을까?"
마음속으로 되뇌어 볼 뿐이다.

그때서야 문득 안나의 커다란 얼굴이 나를 내려다본 그날이 언제였던가 싶어, 날짜를 거꾸로 헤아려보니 일주일이 지났는지 열흘이 지났는지 확실히 알 수 없지만, 지금이 7월 중순이니 그날은 7월 초순쯤 되었던 것 같다.

동화책에 나오는 숲속의 요정처럼 예쁜 안나가—어쩌면 그렇지 않을 수 있지만—참담한 실망을 했을지도 모른다.

나는 한 여자의 그리움을 받을 만한 자격이 없다고 생각했지만 나를 모르는 안나는 얼마든지 착각을 할 수 있다. 적어도 그때는 그랬고 온갖 공상들이 예약된 현실인 것처럼 막연한 백일몽을 품고 살던 젊은 시절에도 평소에 여자에게는 소심했고 자신감도 없었다.

3년 뒤 안나의 실체를 알았을 때는 전혀 예상치 못했던 상황에 놀라지도 못했고, 나의 처지가 궁핍한 상황 때문에 초라한 모습을 보이기 싫어 사실을 말하지 못하고 안타깝게도 스스로 떠날 수밖에 없었다.

　안나의 신변에 무슨 불행한 일이 일어났을까? 아니면 30년 전 몰상식한 이별을 하고 떠난 그 남자에 대한 원망의 염력이 쌓여서 이렇게 나타났을까?
　세상에는 헤아릴 수 없을 만큼 이별이 많겠지만 무슨 이런 이별이 있나!

　참으로 얄궂은 이별이었다.

　안나에게

　"이 세상에서는 전해줄 수 없을 것 같아 훗날 내가 죽어 한 줌의 재가 되면 하늘나라에서 당신을 만나 당신이 나를 찾고 있다는 말을 전해 들었지만 참으로 불쌍하게 떠났다고 전해주고 싶었습니다."

　안타깝게도 날마다 브리즈번으로 수신자 주소 없는 편지를 띄웠다.

2. 핀란드 투르크항

박정희 대통령의 죽음을 듣다

언제나 알지 못하는 낯선 세상에 대한 동경심은 어느 나라 어느 항구가 가슴 설레지 않겠느냐마는, 무역량이 많은 미국과 일본을 오랫동안 정기적으로 왕래를 할 때도 멀리서 육지와 산이 보이고 빌딩들이 나타나기 시작하면 보름이나 20일쯤의 긴 항해로 인한 심신의 피로가 풀리는 것 같고 마음이 들뜬다.

이국의 항구는 아는 사람이 아무도 없는데도 누군가 나를 반갑게 맞이해 줄 것 같은 생각이 드는 곳이다.

핀란드의 이웃 나라는 학교에서 배운 "요람에서 무덤까지"라는 세계 최고의 복지 국가, 일명 스칸디나비아 3국으로 불리는 노르웨이, 스웨덴, 덴마크이다.

아마 핀란드도 비슷할 것으로 생각됐다.

북유럽이 성 개방 국가라고 했는데 성 개방 국가가 아닌 성 평등 국가가 되었다는 뜻일 것이다. 한국은 언제쯤 성평등 국가가 될까?

정기선이 아닌 이 배가 핀란드에 온 것은, 내가 본 한 권의 책으로 인해 평소에 조금 특별한 관심과 호기심을 가지고 있던 곳이었다.

그것은 다름 아닌 유럽의 최북단 국가지만 이들이 사용하는 언어가 인도유럽어를 사용하는 주변국과는 다르게 동유럽의 한복판에 섬처럼 떠 있는 헝가리와 함께 한국과 같은 교착어를 가진 우랄어족에 속한다고 했다.

〈코리아환상곡〉을 작곡한 안익태와 비교되는 〈핀란디아〉를 작곡한 얀 시벨리우스라는 유명한 음악가가 생각이 났고 북부지방에는 "라프족" 또는 "사미족"이라는 소수민족이 순록을 방목하면서 살아가는 기사를 미국의 『내셔널 지오그래픽』 잡지에서 본 기억이 났다.

내가 노동자이기 때문에 학문연구 하러 외국에 나갈 수 없다는 것은 이미 판명이 났고, 그렇다고 앞으로 내가 부자가 된다고 해도 이렇게 오대양 육대주의 많은 나라를 여행할 수 있을까?

내 생에 무슨 일로 핀란드에 올 일이 있을까?

미국과 일본처럼 안방 드나들 듯 여러 번 가본 나라와는 달리 처음 와보는 나라의 항구에 들를 때마다 내가 밟아보지 못한 또 다른 나라에 왔다는 생각에 가슴이 벅차오르며 여유 있는 세계여행가로 정신전환을 한다.

세계를 돌아다니면서 다양한 언어의 음률과 피부 빛깔과 골격을 가진 여러 인종을 보며 어릴 때 만화책에서 보았던 타임머신을 타고 공룡시대는 아니더라도 인류의 출현과 선사시대를 거쳐 각 대륙마다 피부 빛깔과 외모가 다르게 변화하는 과정, 그리고 민족의 형성과 이동 과정을 시대를 거슬러 따라가 보고 싶다. 타임머신이 과학의 발전으로 언젠가는 현실이 될 날이 올 수 있을까?

어릴 때부터 외국에 대한 호기심과 관심이 있었으나 나이가 들수록 내가 가진 능력으로는 그 꿈을 이룰 수 없다고 생각했다.

그러다 군대를 제대하고 취업이 어려운 상황에서 외항선원이 되면 외국으로 나갈 수 있다는 것을 들었다. 어릴 때 형의 세계 지리부도를 펴놓고 백일몽에 빠졌던 멋진 항구도시와 이국 풍경을 볼 수 있다는 상상을 하며 가슴이 부풀었다.

오랜 시간 긴 항해로 인해 적적하고 지루하지만 그래도 지금 어릴 때의 꿈을 실현하고 있는 것 같아, 내가 외항선원이 된 것은 운이 좋았다고 생각하곤 한다.

호기심과 궁금함으로 꼬리에 꼬리를 무는 상상의 세계는 끝이 없다.

조물주는 지능은 골고루 나누어 주지 않았지만, 상상은 둔재에게도 무한한 자유를 주었다.

불가에서는 영겁의 윤회라 하였으니 다음 생은 지능이 높은 사람으로 태어나 인류학이나 언어학자가 되어 세계만방을 돌아다니고 싶다.

이번 생은 둔재로 태어났으니 노동자로 만족하자. 내가 노동자로 지구 반대편 투르쿠항에서 서서 펼치는 나의 상념과 상상의 세계는 오직 나만의 것이다. 이것이 운명의 묘미이고 내가 나에게 준 삶의 보너스라고 생각하며, 조금 유치하지만, 스스로를 위로해본다.

핀란드가 북극이 가까워서인지 일과를 마치고 외출을 나오니 벌써 주위는 희끄무레하게 어두워져 있었다.
시내를 걷다가 "Pankki"라고 쓰인 건물을 보았고, '아마 은행이겠지' 하고 짐작했다.

어느 상점의 유리창 안에 머리카락 염색약으로 보이는 상품을 보고 발걸음을 멈추었다. '북구인들은 여러 가지 색깔의 머리카락을 지닌 사람들인데 굳이 염색약이 필요할까?'라는 생각을 하다가 사람들은 내가 가지지 못한 것에 대한 호기심과 부러움 때문이리라 생각했다.

다음 날 자고 일어나 칫솔질을 하고 있었다. 평소에는 아침밥을 먹고 이를 닦는데 때로는 자고 일어나면 입안이 텁텁하여 칫솔질을 먼저하고 아침밥을 먹을 때가 있다.

밥을 먹고 나면 혹시 고춧가루가 이빨 사이에 꼈나 싶어 거울을 본다. 못생긴 얼굴에 고춧가루까지 끼어있으면 환경파괴다.

빠른 손놀림으로 칫솔질을 하고 있는데, 통로에서 쿵쿵거리는 발소리와 함께 누군가가 다급하게 고함을 지르는 소리가 들렸다.

이상하다. 지금까지 배를 여러 척 탔지만, 지금처럼 이렇게 다급한 고함 소리를 들어본 적이 없다. '배에 불이라도 났나?' 하고 방문에 귀를 기울여 보다가 아무래도 궁금하여 입에 치약 거품을 머금은 채 방문을 열어보았다. 그러나 이미 고함 소리는 멀어져 들리지 않았다. 궁금하여 작업복을 입고 식당으로 가지 않고 선원들의 침실과 연결된 선창이 있는 하갑판으로 나왔다. 아침에 하역 작업하러 온 핀란드 인부들과 한국 선원들이 함께 모여 웅성거리고 있었다.

내가 막 갑판으로 나섰을 때 상갑판에서 하갑판으로 출근하러 계단을 내려오던 핀란드 인부가 나를 보고 "당신의 나라 대통령이 부하가 쏜 총에 맞아 죽었다"고 했다.

순간 '아…. 사실일까?' 하고 믿어지지 않아 잠시 멍해졌다. 뒤따라오던 핀란드 인부도 마치 자기가 이 소식을 처음 전하는 것처럼 계단을 내려오는 인부마다 되풀이했다.

그때 통로 안쪽에서 빼빼 마른 2등 기관사가 "박정희가 죽었다! 박정희가 죽었다!"라고 펄쩍펄쩍 뛰면서 고함을 지르며 바깥으로 나왔다. 아까 칫솔질할 때 들었던 고함이었다. 2등 기관사는 마치 자기가 현장을 본 것처럼 손가락으로 총을 만들어 "탕! 탕!" 하고 총을 쏘는 시늉을 해 보고는 허둥지둥거리며 또다시 반대편 통로로 펄쩍펄쩍 뛰어가면서 "박정희가 죽었다! 박정희가 죽었다!"라고 소리를 질렀다.

식당으로 가보았더니 60대의 나이 많은 선장과 기관장도 나와 있었다. 모두가 들뜬 분위기 속에서 삼삼오오 짝을 지어 이야기꽃을 피우고 있는데 듣는 사람은 없고 각자 자기 이야기를 하기에 바빴다.

오랜 독재에서 벗어났다는 마음에서 오는 해방감 때문인지 식당 안은 왁자지껄했다. 구릿빛 피부에 머리가 벗겨진 선장은 손으로 턱을 괴고 들떠있는 선원들의 모습을 못마땅한 표정을 지으며 바라보고 있었고 고향이 전라도인 기관장은 알 수 없는 야릇한 표정을 지으며 뒷짐을 지고 식당을 나가고 있었다.

박정희는 오랫동안 한국의 최고 권력자와 대통령을 지냈다. 나도 한번 볼 뻔한 기회는 있었지만 직접 보지는 못했다.

내 고향은 울산 병영이다. 내가 초등학교에 다니던 어린 시절 "반공을 국시의 제1의(義)로 삼고 지금까지 형식적이고 구호에만 그친 반공 태세를 재정비 강화한다"라고 시작되는 첫 문장과 "국가 자주경제재건에 총력을 경주한다"라는 마지막 구절을 그때는 무슨 뜻인지 몰랐지만 지금도 기억하고 있다.

혁명 공약은 우리 집 앞에 있는 농업협동조합 담벼락에도, 병영지서 담벼락에도 붙어있었다. 이것은 구구단도 끝까지 외우지 못했던 내가 외운 것이 아니라 친구들과 놀다가 고개를 들거나 허리를 펴면 눈앞에 보여 눈에 새겨진 글들이다.

그해 우리 가족은 부산 동래로 이사했다. '부산으로 이사간다'라는 말은 들었지만 언제 이사를 가는지는 몰랐다가 어느 날 학교를 마치고 집에 오니 이삿짐을 가득 실은 트럭이 집 앞에 있었다.

'이제 부산에 가면 개배기고개¹⁾에 있는 밭에 김매기 하러 가지 않아도 되고, 병영성 넘어 논에 가서 모를 심지 않아도 된다'는 생각에 나는 무작정 조수석에 올라타고 먼저 부산으로 가겠다고 했다.

조수석에 앉으니 뒷집 덕근이와 경윤이, 성만이, 우경이, 조

---

1) 현재 복산동 울산성당 뒤편의 조그마한 언덕길로, 계비고개 또는 계변고개라고도 불린다.

카이자 친구인 덕제에게 이별의 인사를 못 했다는 생각이 들었다. 그러다가 곧바로 친구들과 헤어진다는 섭섭함보다 앞집에 사는 예쁜 남숙이를 못 본다는 사실이 더 안타까웠다. 예쁜 남숙이의 얼굴을 떠올리며 초등학교 입학 전, 남숙이 집 담벼락 옆에서 '나는 아부지하고 니는 엄마해라'라고 하면서 돌을 주워 집을 짓고 흙으로 밥을 하고 풀을 뜯어 반찬을 만들며 소꿉장난하던 생각을 하는 동안에 트럭은 무심하게도 출발했다.

트럭이 태화다리를 건널 때 다리 양쪽에서 햇볕에 반사되어 넘실거리며 흐르는 강물을 보자, '부산에 있는 학교에 전학 가면 혹시 구구단을 외우는 수업 과정이 아직 지나가지 않았을까?' 하는 걱정이 엄습해왔다.

3일 후 전학 수속을 마치고 등교하여 산수 시간이 되자 선생님은 '아직까지 구구단을 외우지 못하는 학생은 손을 들어봐라'고 하시더니, 선생님은 나를 지목하고 구구단을 외워보라고 하셨다. 구구단을 외우기 시작하자 아이들은 나의 울산말 억양 때문에 키득키득 웃었다. 나는 이틀이나 방과 후 교실에 붙잡혀 있었으나 끝내 외우지 못했다.

내가 부산 동래로 이사 온 뒤 중학생이 되었을 때 한국을 방문한 서독의 2대 대통령, 하인리히 뤼브케 대통령*Karl Heinrich Lubke*이 박정희 대통령과 함께 우리 동네에 있는 럭키 금성사를 시찰하러 왔다. 초등학생들이 연도에 늘어서서 태극기와 독일기를 흔들며 환영 행사를 했다. 그 광경을 온천천 둑에서 바라보던 나는 가까이 가서 박정희 대통령을 보고 싶었지만, 차창이 새까만 검은 승용차 여러 대가 금성사 안으로 들어가는 광경을 보았다. 내가 가까이 가도 박정희 대통령은 볼 수 없을 것 같아 금성사 입구로 가지 않았다.

싸워서 이기면 죄를 물을 수 없는 무소불위의 권력을 가진 박정희 대통령을 한국에서는 아무도, 아무것도 이길 수 없다. '박정희 대통령 주위에는 최측근의 충성스러운 부하들이 에워싸고 있는데 누가 쐈을까?' 참으로 궁금했다.

지구 반대편까지 소식이 전해진 것을 보니 잘못 전해진 소식은 아닌 것 같았다.

오랫동안 한국의 최고 권력자로 지낸 박정희 대통령이 죽었다는 소식을 지구 반대편 핀란드 투르쿠항에서 들었다. 한국 역사의 한 시대가 지나가는 것 같았다.

선과 악, 정의와 불의, 양심과 비양심을 구별하는 판단력의

회로판이 망가져 힘 있는 자가 선이고 승자가 정의가 되는 세상이 되어있다. 공공의 이익을 원하는 인간의 양심이 복원력을 발휘하여 이제 새로운 세상이 올 것인가?

핀란드의 수도 헬싱키에 정박했으면 좋았겠지만 그래도 핀란드에 온 것만으로도 다행이다 싶었다. 어느 항구에 가든지 관광명소에는 안 가더라도 술집에는 꼭 들린다. 마치 술처럼 남지도 않는 흔적을 억지로 남기려고 애쓰는 것 같이….

미국이나 일본, 호주의 대도시에서 활기 넘치고 사람들이 붐비는 거리를 보다가 이곳 투르쿠의 한산한 거리를 보니 평온해 보이기는 하나 약간 허전하다.

지금 이 배는 시드니, 멜버른, 아델라이드, 지롱, 브리즈번 등 호주를 중심으로 남아메리카, 아프리카, 유럽으로 다닌다.

호주에서는 일과를 마치고 외출을 나가면 대륙이지만 적은 인구에 풍요를 누리는 호주인들의 여유 있는 삶이 느껴진다. 그래도 술집에 들어가면 라이브 가수가 노래 부르는 큰 술집이든 음악이 없는 작은 술집이든 삶의 활력을 느낀다.

지금 내가 앉아있는 투르쿠의 2층 술집은, 건물보다 나무가 더 많이 보이고 불빛이 드문드문 비치는 바깥 풍경과 넓은 술집 안의 조용한 분위기가 맥주 맛을 더욱 싱겁게 한다.

무언가 복잡해 보이지 않는 세상.
단조로울 것 같은 느낌을 주는 이곳이 채 잊히기도 전에 또다시 TV에 비추는 부정부패 소식과 엽기적인 사건이 없는 평화로운 세상, '유토피아인가?' 하고 현실에 없는 착각을 일으켜본다. 그렇지만 정의가 강물처럼 흐르는 이상향은 아니더라도 한 사람 한 사람이 공공의 이익을 먼저 생각하는 사람들이 압도적 다수가 사는, 추상적인 '이상향'을 현실에서는 우리가 '선진국'이라 부르지 않나 생각된다.
"선진국, 얼마나 부러운 말인가!"

아침에 이 배는 유틀란트반도를 향해 발트해를 항해하고 있다. 다시 온 길을 따라 도버해협과 대서양을 지나 인도양을 건너 목적지 호주까지 길고 지루한 항해가 시작되었다. 내가 우리 동네에 있는지 없는지도 모르는 전봇대 옆을 무심코 지나치듯이 코펜하겐 시민들도 해안가에 있는 유명한 안데르센의 인어 이야기에 나오는 인어 동상을 그렇게 무심코 지나칠 것이다.

발트해로 흐르는 라인강에는 '로렐라이 언덕'이 있다.

내가 중학교에 다닐 때 국어와 음악을 가르치셨던 담임인 여선생님이 〈보리밭〉, 〈엄마야 누나야 강변 살자〉, 〈그리운 금강산〉, 〈로렐라이 언덕〉을 피아노를 치며 가르쳐 주셨다.

어느 날 앞집에 사는 친구 종학이가 누구에게 들었는지 "야, 귀토야 로렐라이 언덕이 노래처럼 아름다운 언덕이 아니고 사람들이 노래와 슬픈 전설을 지어서 아름다운 언덕인 것처럼 만든 것이지 실제로는 평범한 언덕이라고 하더라." 라고 했다.

또다시 유틀란트반도를 지나기 위해 키엘 운하를 통과하고 있다. 덴마크의 지도자 엔리코 달가스가 유틀란트반도를 개척하기 위해 농민들을 독려하면서 '하늘은 스스로 돕는 자를 돕는다'라고 했던, 초등학교 6학년 국어 교과서에 나오는 '12과 달가스'가 생각났다.

키엘 운하는 전원풍경이 펼쳐지는 시골과 시내를 통과하기도 하고 여자 인부가 배에 올라와 운하를 통과하는 동안 밧줄을 잡아주기도 해서 파나마 운하처럼 웅장하지도 않고 정겹게 느껴졌다.

이제 도버해협을 지나 대서양에 들어서고 있다. 초등학교에

브리즈번으로 띄우는 편지

다닐 때 공부는 하기 싫었는데 학교에 갔다 와서 고등학교에 다니는 형의 세계 지리부도를 펴놓고 보는 것은 너무 재미있었다. 나는 세계 지리부도를 뚫어져라 쳐다보면서 그 속에 푹 빠졌다.

 카사블랑카, 리스본, 알렉산드리아, 오뎃샤, 콘스탄틴, 오슬로, 스톡홀름, 헬싱키, 코펜하겐, 함부르크, 런던, 케이프타운, 봄베이, 마드리드, 멜버른, 시드니, 자카르타, 방콕, 마닐라, 부에노스아이레스, 상파울루, 리우데자네이루, 뉴욕, 샌프란시스코, 로스앤젤레스, 밴쿠버, 이런 항구도시는 이름처럼 멋진 도시일 거라고 책을 펴놓고 혼자서 백일몽에 빠져 세계 각국을 헤매었다.

 호주의 아델라이드 항을 출항해서 핀란드의 투르쿠 항까지 오면서 아이보리코스트의 수도 아비장항, 감비아의 수도 반줄항, 포르투갈의 수도 리스본항과 포르투항에 기항했다.

3. 포르투갈 포르투항과 리스본항
대항해시대의 영화(榮華)와 '유럽의 거지'

항해사에게 포르투갈에 기항한다는 말을 듣고 '유럽의 거지'라는 말이 생각났다. 그러면서 '지금 한창 경제개발을 서두르고 있는 한국은 어디쯤일까? 경제지표는 모르지만, 그래도 서유럽인데 한국보다는 잘 살지 않을까?' 하는 생각이 들었다.

어느 나라나 국운의 흥망성쇠가 있는 것인가? 버스를 타고 시내로 가면서 쇠락해 보이는 거리 풍경 속에 고풍스러운 옛 건축물들은 대항해시대에 영화를 누렸던 흔적 같았다.

포르투갈은 중남미에서 유일하게 브라질에 포르투갈어를 남겼다. 인도의 고아에서는 쫓겨났지만, 중국의 마카오에서는 아직까지 대항해시대의 흔적을 유지하고 있다. 인도 정부는 바스크 다 가마가 인도에 도착한 후 450년 동안 차지하고 있던 포르투갈에 고아를 떠나라고 통보했지만, 포르투갈은 자국 영토처럼 눌러앉아 떠나기를 거부하였다. 이에 인도 정부는 군함을 몰고 와 함포사격을 하겠다고 경고를 하니 포르투갈은 물러갔다.

고아의 한 시민은 인도가 포르투갈과의 전쟁에서 마치 대승을 거둔 것처럼 신이 나서 나에게 이야기를 들려주었다.

포르투 시내의 골목이나 외곽의 거리를 걸으면서 돌을 네모지게 깎아 모자이크처럼 길을 조성한 모습을 보니, 브라질에서 흔히 보던 거리 풍경이 떠올랐다. 이 작은 나라 포르투갈이 광대한 나라 브라질의 식민지 종주국이었다는 사실이 새삼 떠올랐다.

리스보아의 해안에서 배낭을 멘 채 멀리 수평선을 바라보며 청바지에 금발 머리 휘날리며 걷고 있는 키 큰 여인은 북유럽에서 온 여행객 같았다. 영어 명칭인 리스본도 멋지지만, 포르투갈 사람이 부르는 '리스보아'가 더 멋지게 들렸다.

4. 감비아의 수도, 반줄항
소설 『뿌리』의 무대 감비아강에 가다

반줄 항에 기항했다. 감비아강에 가보려고 부두를 빠져나와 얼마 가지 않아서 놀이터가 나왔다. 놀이터를 둘러보고 있는데 아프리카에서는 보기 드문 중절모를 쓰고 멋을 잔뜩 낸 청년 한 사람이 내게 오더니 이곳이 공원이라고 했다.

선진국 대도시의 공원을 보다 보니, 내가 이곳을 놀이터라고 생각한 것이 조금 미안해졌다. 공원은 관리하지 않아서 잔디가 벗겨지고 여러 가지 기구들도 방치되어 있었다.

그때 주위를 둘러보고 있는 나에게 청년이 다가와 자기를 배에 숨겨 미국까지 데려다 달라고 했다. 역사의 아이러니인가?

브리즈번으로 띄우는 편지

조상들이 백인 노예 사냥꾼들에게 붙잡혀 미국에 노예로 끌려갔던 그곳에 밀항해서라도 가고 싶어 했다. 노예선의 선창에 짐짝처럼 겹겹이 쌓인 채로 미국으로 팔려 가던 흑인들이 체력이 약해져, 죽거나 병이 나면 바다에 던져졌다고 하는 소설『뿌리』의 참혹한 대목이 떠올랐다.

　내가 구세주가 되어, 이 청년을 미국으로 보내 줄 수만 있다면 화려한 로스앤젤레스의 밤거리를 배회하더라도 이곳 낙후된 감비아보다는 막역한 희망이 있을 거라 생각됐다. 그러나 내가 이 청년을 미국까지 데려다줄 수 없다.

　이곳 감비아를 둘러싸고 있는 세네갈의 수도 다카르의 앞바다에는 노예무역 중개지 "고레 섬"이 있다. 그곳에서는 백인 신부가 미국으로 팔려 가는 노예들에게 세례를 했다고 한다.

　신부의 그 행위가 비극인지 희극인지 모르겠다. 공원을 떠나 조금 걷다 보니 이곳에서는 보기 드문 희고 깨끗한 건물이 보였다. 마당 안을 기웃거리고 있는데 나를 따라오던 청년이 "이곳은 대통령이 사는 곳이다"라고 했다.

　그 순간 한국의 청와대나 미국의 백악관을 떠올리며 '가난한 저개발국가의 대통령 관저가 초라하다'고 생각했다가 곧이어 이곳이 동화 속 이야기에 나오는 침략과 전쟁이 없는 평화스러운 세상에 온 것 같았다. 왜 그런가 하니 경비실도 없었고 경비원도 없었다.

유럽열강 세력의 마찰지점인 곳에서 총구 크기대로 가로세로, 빗금, 일자로 쭉쭉 그어진 아프리카의 국경선과는 다르게 감비아는 희한하게도 프랑스 속의 모나코처럼 세네갈 속에 있다. 감비아강 양안을 따라 구불구불하게 그어진 국경선은 아마 프랑스와 영국의 식민지 경계선이 그들이 물러간 뒤 그대로 국경선이 된 것 같다.

이제 그들은 착취할 것이 없는 이곳에 가난을 책임지지 않으려고 다시는 침략하지 않을 것이다.

감비아강을 따라 한참을 걷다 보니 강 양안을 따라 키 작은 초목들이 끝없이 펼쳐진 평원이었다. 『뿌리』의 작가 알렉스 헤일리의 조상 '쿤타긴테'가 북을 만들려고 나무하러 마을을 떠났다가 백인 노예 사냥꾼들에게 붙잡혀 미국으로 가는 노예선을 탔다.

사방팔방 주위를 아무리 둘러보아도 어디에도 북을 만들만한 큰 나무나 고목이 있을 만한 밀림도 없었다. 이 강을 계속 따라가면 알렉스 헤일리의 조상 '만딩고족'들이 사는 마을이 있을까? 내 시야에 비친 광경은 마을이 나타날 조짐이 없었다. 끝없이 펼쳐진 평원을 보며 더 걷고 싶은 흥미를 잃고 멈칫거리는데 그때 멀리 사람들이 여럿 모여 웅성거리는 소리가 나서 가까이 가보았더니 어부가 강에서 잡은 물고기를 팔고 있었다.

사람들 틈에 끼여 물고기를 구경하고 있는데 청년 한 명이 나에게 험악한 인상을 찌푸리며 싸움을 걸려고 대들었다. 어이없기도 하고 왜 그러는지 몰라, 싸움을 피하려고 겁먹은 표정을 지었다. 그랬더니 청년은 더욱 의기양양해서 큰소리를 치고 손가락질하며 때릴 기세로 다가왔다. 내가 아프리카 말을 알아들을 수 있다면 싸울 의사가 없다고 말이라도 해볼 텐데 당황스럽고 난감했다. 그때 청년을 지켜보던 어부가 흥분한 청년을 붙잡고 말렸다.

청년과 어부가 실랑이를 하는 사이, 나는 청년의 시선을 피해 어부에게 고맙다는 마음의 인사를 하고 슬며시 그곳을 빠져나왔다.

그 청년은 무슨 이유로 나에게 시비를 걸었을까? 어부는 무엇이라고 말하며 청년을 말렸을까?

그 청년의 행동과 생각은 짐작이 가지 않았지만, 어부의 말은 혼자 상상해보았다. "저 사람은 생김새를 보니 나쁜 사람이 아니고 좋은 사람 같으니 싸우지 말라"라고 혼자 짐작해보았다.

그 청년은 얼굴은 거칠게 생겼지만, 키도 작고 왜소한 체격이었다. 어느 나라에나 이런 엉뚱한 종류의 사람들이 있기 마련이지만 '만약 내가 키 큰 백인이었다면 그렇게 막무가내로 행패를 부렸을까?'라고 생각하니 씁쓸한 생각이 들었다.

돌아오는 길에 길거리에서 조금 떨어진 가게 앞에서 청년 세 명이 나를 보고 헤죽헤죽 웃으며 서로 떠밀고 있었다. 보아하니, 나에게 시비를 걸려고 하는 것이 아니라 눈이 찢어지고 노르끼리한 피부의 동양인을 보고 신기해서 말을 걸어보라고 서로 떠밀고 있는 것 같았다. 다른 때 같았으면 웃으며 손을 흔들어 주었겠지만 조금 전에 아무 이유 없이 행패를 당한 기분 나쁜 상황 때문에 나는 모르는 척하고 발걸음을 빨리했다.

반줄항에 정박한 지 사흘째다.

반줄에 기항했을 때 반줄에서의 하역량이 소량이어서 반나절이면 작업이 끝나고 다음 날 출항할 줄 알았다. 철근이 하역작업 하기에 까다롭기는 하지만 생각보다 오래 걸렸다. 작업하는 속도와 시간을 보니 너무 여유롭게 작업하는 모습이어서 초일류 선진국인지 후진국인지 헷갈렸다.

망망대해에 떠 있는 것보다 하루하루 육지를 보면서 일과를 보내는 것이 심리적 피로감이 덜하다. 선원들로서는 나쁠 것이 없지만 화려한 대도시처럼 외출 나갈 곳이 없어 무료한 시간이었다.

하얀 셔츠에 깨끗한 청바지를 양복바지처럼 반듯하게 주름 잡아 입고 사흘 동안 선창을 내려다보며 작업일지에 작업량을 체크하고 있는 과묵한 청년에게 말을 걸어 보았다. "알렉스 헤일리를 아느냐?"고 묻자, "안다"고 답했다. 이 곳 감비아강이 소설의 무대에 나오기도 하고 세계적인 베스트셀러가 된 『뿌리』를 어렴히 알고 있지 않겠나 싶어 물어보았다. 그리고 '알렉스 헤일리의 얼굴이 만딩고 족을 닮았느냐?'고 물어보았다. 잠깐 생각하는 듯하더니 고개를 끄덕거렸다. 그러면서 "나는 얼굴을 보면 어느 부족사람인지, 북쪽에서 내려온 사람인지 남쪽에서 올라온 사람인지 알 수 있다"고 했다.

나는 그 말에 유럽의 영국 사람, 프랑스 사람, 독일 사람, 아시아의 한국 사람, 중국 사람, 일본 사람이 집단적인 특징은 있지만, 개별적으로 구별하기 어려운데 청년이 내게 부족도 구별할 수 있고 남쪽 사람, 북쪽 사람을 다 구별할 수 있다고 한 말에는 좀 의아했다.

청년의 얼굴이 이지적이고 차갑게 보여 말 걸기가 어려웠고 3일 동안 말이 없던 과묵한 사람의 말이라 함부로 무시하기도 좀 그렇고 혼자서 고개를 갸우뚱했다.

알렉스 헤일리의 조상이 미국에 노예로 건너온 지 200년 가까이 되었는데 그동안 백인의 피와 아프리카에서 건너온 여러 종족과 피가 섞였을 텐데도 자기의 얼굴이 만딩고족을 닮았다고 생각하는 조상에 대한 깊은 연대감이 내가 『뿌리』를 읽으면서 깊이 인상에 남아 잊히지 않았다. 그래서 청년에게 물어보았다.

5. 코트디부아르, 아비장항

서아프리카에서 한국교포를 만나다

내가 어릴 때 세계 지리부도 책에서 아이보리코스트라고 불리던 곳이다.

한낮에 아비장 내항에 닻을 내리고 통선을 타고 선착장에 도착했다. 동료 선원들은 오후 5시에 선착장에서 다시 모이기도 하고 둘씩 셋씩 짝을 지어 헤어졌다. 나는 언제나처럼 혼자서 시내 외곽을 나오니 기찻길이 나타났다.

별생각 없이 철로 위로 침목을 하나씩 밟으며 걷고 있는데 앞에 나처럼 침목을 하나씩 밟으며 걷고 있는 사람이 있어 쳐다보았더니 걷는 모양이 이상했다. 청년은 침목을 하나씩 건널 때마다 허리를 깊숙이 숙였다 폈다 하면서 끄덕끄덕 걷는 모습을 보다가 내 눈을 의심했다. 뒷모습이 옷을 하나도 입지 않는 알몸인 것을 알았다. 가만히 살펴보니 허리에만 가느다란 실이 걸쳐져 있었다. 알몸으로 뜨거운 햇볕에 그을려서인지 피부가 유난히 까맸다. 지금 이 사람은 아프리카의 밀림이 아닌데도 벌거벗고 아프리카의 뜨거운 햇볕을 온몸으로 받고 있었다.

나는 숲 너머 멀리 보이는 '아프리카의 파리'라고 불리는 아비장의 빌딩들을 물끄러미 바라보다가 다시 청년의 벌거벗은 몸을 보니 문명과 원시가 내 눈앞에서 공존하고 있었다. 청년의 앞모습은 어떠할까? 생각하다가 인도 마마고아의 누드비치에서 자연으로 돌아가고 싶은 하피족 남녀들이 가느다란 실에 달린 작은 베 쪼가리로 성기만 가리고 있는 모습을 떠올리며 나는 청년의 앞모습을 상상했다.

내가 흑인을 처음 본 것은 울산 병영에서 누나와 내가 어머니를 따라 산전 샘에 물 길으러 갔을 때이다. 커다란 물탱크가 달린 트럭이 한 대 오더니 백인 병사와 흑인 병사가 차에서 내리는 것을 보았다. 백인도 처음 보았지만, 흑인을 보고 세상에 저렇게 까만 사람이 있는가 싶어 깜짝 놀랐다. 그들은 산전 샘에 호스를 꽂고 이야기를 나누었다.

흑인은 눈의 흰자위와 하얀 이빨만 눈에 띄었다. 집에 와서도 한 3일 동안 왜 세상에는 저렇게 까만 사람이 있는가 싶어 그 흑인의 모습이 자꾸 떠올랐다. 따배기를 정수리에 받쳤지만 출렁이는 물동이를 이고 이마에 흘러내리는 물을 한 손으로 훔치면서 가파른 산전 언덕으로 오르는 어머니의 모습이 너무 힘들어 보여 안타까웠다.

산전 샘으로 가는 길옆에 병영마을 사람들이 공동으로 사용하는 상여를 보관하는 움막이 있다. 좁은 판자로 얼금설금 엮어놓은 낮은 문 안으로 붉고 푸르고 노란 색깔의 상여를 볼 때마다 수많은 주검을 실어 날라서인지 움막을 지날 때마다 음산하고 오싹한 기분이 들어, 갈 때는 겁이 나 고개를 돌려 쳐다보지 않고 지나갔다.

오후 다섯 시가 다 되어 선착장에 돌아왔더니 외출을 나온 선원들이 다 모인 것을 확인한 동료 선원이 통선을 타고 배로 돌아가지 않고 낮에 시내를 돌아다니다가 아비장에서 술집을 하는 한국교포를 만났다고 하면서 그 술집으로 가보자고 했다. 나는 이 먼 곳 아비장에도 한국교포가 살고 있는가 싶어 잔뜩 호기심이 생겨 즐겁게 따라갔다. 도착해 보니 좁은 골목길에 있는 작은 술집이었다.

한국 남자는 라스팔마스에 기지를 둔 원양어선을 타다가 어선이 아비장에 기항했을 때 밤에 술을 너무 많이 마셔 정신을 잃고 길거리에 쓰러져있는 것을 아비장 여인이 발견하고 집으로 데려갔다.

어선은 다음날 라스팔마스로 떠나버렸다. 아비장 여인의 보살핌을 받고 깨어난 한국남자와 지금의 아내인 아비장 여인이 정이 들어 지금은 두 아이의 부모가 되었다고 했다. 두 아이의 피부색이나 생김새가 어머니를 닮아 혼혈의 흔적이 없었다. 두 사람이 인연이 된 사연을 들어보니 내가 꿈꾸는 이상적인 러브스토리 같았다.

언젠가 미국의 뉴올리언스에서 몸이 아픈 동료를 따라 병원에 갔다가 동료가 진료를 받는 동안 의자에 앉아 책을 한 권 뽑아 그림을 보고 있는데 앞에 흰 가운이 아른거려 위를 처다보았다가 내 눈이 흑인 간호사의 커다란 눈망울에 꽂혔다. 홀린 듯이 간호사의 눈을 처다보다가 혹시 눈이 마주칠까 봐 힐끔힐끔 다른 곳을 보는 척하며 마음은 간호사의 얼굴에 붙잡혀 있었다. 마음을 졸이며 몰래 처다보고 있었는데 아쉽게도 볼일이 끝난 간호사는 다른 곳으로 떠나버렸다.

병원을 나와 길을 걸으면서도 내 머릿속에는 흑인 간호사의 모습이 떠나지 않았다. 내가 날마다 술을 마시고 엉금엉금 기어들어 와도 그 간호사는 커다란 눈망울을 껌벅이며 '이상한 사람이네. 왜 날마다 술을 먹고 엉금엉금 기어 들어올까?' 하고 어깨를 한번 으쓱하고 말 것 같았다.

나는 그 흑인 간호사와 우리 집에서 같이 사는 공상을 했다. 온 동네 소문이 쫙 퍼질 것이고 또한 마을 사람들은 얼마나 수군댈 것인가? 아이가 태어나면 깜둥이라고 얼마나 놀릴 것인가? 아이가 커서 학교에 입학했지만, 깜둥이 더러운 아이와 놀지 말라는 바람에 학교도 그만두고 결국 따돌림과 조롱을 견디지 못하고 나는 가족을 데리고 아무도 살지 않는 시골의 외딴 골짜기로 가서 오두막을 짓고 사는 상상을 했다.

사실 내가 그런 시련을 견딜 용기도 없고 어디까지나 헛된 공상일 뿐이다. 무엇보다 그 간호사는 내가 노동자인 것을 알면 좋아할 리 없을 것 같았다. 잘 생겼는지, 똑똑한지, 부자인지 좋은 직업을 가졌는지, 성실한지, 책임감이 강한지, 뼈다귀가 있는 집안인지, 뒷모습이 든든한지, 한 번은 가자미의 눈으로 한번은 넙치의 눈으로 과일가게에 진열해놓은 물건 고르듯이 사람을 의심과 경계의 눈빛으로 보고 살피는 연애, 결혼.

나는 이러한 조건에 해당하는 사항이 하나도 없다. 그리고 나는 그러한 상황에 놓이기도 싫었다.

아비쟝의 여인과 같이 사는 한국 남자가 나에게는 동화 속의 이야기 같았다. 다음 날 저녁에 아비쟝 시내의 골목에서 태권도 도복을 입은 건장한 청년이 동네 아이들을 모아놓고 태권도를 가르치는 모습을 보았다.

내가 흑인들의 고향 아프리카에 와서 어릴 때부터 늘 궁금했던 것이 있었다. 내가 가지고 있는 영어 회화책에는 서점에서 찰스 다윈의 『비글호의 항해』라는 책을 사는 장면이 있다.

어릴 때 울산 병영의 산전 샘에서 보았고 아버지가 지어 놓은 개배기고개에 있는 원두막에서도 백인과 같이 지프차를 타고 가면서 하얀 이빨을 드러내고 손을 흔들며 지나가는 흑인을 보았다. 어릴 때의 충격 때문인지 이 세상에 흑인과 백인이 있다는 사실이 늘 궁금했다.

진화론자 찰스 다윈의 『종의 기원』을 보면 인류의 기원에서 현생인류는 협비원류에서 시작되었다고 한다. 협비원류에서 거슬러 올라가면 박쥐까지 도달한다. 어디까지나 진화론자의 추론일 뿐이지만 백인이나 흑인이 모두 협비원류가 조상이고

박쥐가 조상일 수 있다. 그런데 어찌해서 이토록 얼굴의 윤곽
이 다르고 검은 피부와 흰 피부로 갈라지게 되었을까? 수천수
만 년 아프리카의 뜨거운 대양 빛으로 얼굴의 윤곽도 바뀌고
유전인자까지 검은 피부로 진화되었을까?

진화론을 믿기에는 이 지구상에 있는 기기묘묘한 동식물을
보면 진화론이 맞는지 창조론이 맞는지 알 수 없지만, 진화론
만으로는 부족한 것 같다.

『종의 기원』에는 영국 사람들은 영국 남자와 태즈메이니아
여자 사이에는 아이가 생기지 않는다고 믿었다고 한다.

네안데르탈인과 호모사피엔스 사이에는 2세가 생기지 않았
다는 것과 생겼을 것이라는 설들이 논쟁을 벌이고 있다.

영국 사람들은 태즈메이니아 원주민들을 같은 종의 인류라
생각하지 않고 멸종하지 않은 네안데르탈인쯤으로 보았을까?

흑인이 사는 아프리카는 유럽 백인의 사냥터가 되고 또한
태즈메이니아 원주민들은 백인에 의해 학살되었다. 지구의
인류는 왜 이렇게 피부의 빛깔 차이만큼이나 폭력의 불평등
이 이루어졌을까?

학교에서 지리 시간에 태즈메이니아에 관해 이야기해주시던 지리 선생님은 늘 미간을 찌푸리고 다니셨다. 선생님은 인류의 불평등, 불합리, 부조리를 괴로워하시나 아니면 우국충정 나라 걱정을 하시나 궁금했지만 한 번도 영어 선생님처럼 부정부패를 걱정하시거나 시사 이야기는 하지 않았다.

6. 남아프리카공화국 케이프타운항

복싱 밴텀급 챔피언인 홍수환 선수의 말,
"엄마 나 챔피언 먹었어"

핀란드 투르쿠항을 출항해서 긴 항해 끝에 연료와 부식을 공급받기 위해 케이프타운에 기항했다. 지난번 유럽으로 가면서 희망봉을 지날 때 인도양과 대서양이 만나는 지점이라 그런지 파도가 거세게 일었다. 어릴 때 형의 세계 지리부도를 보면서 '이곳은 어떤 곳일까?' 하고 쳐다보던 희망봉을 지날 때는 '테이블마운틴'이 가물가물 보이지 않을 때까지 갑판 위에 서 있었다.

케이프타운항 부두에 접안을 마친 후 연료와 부식을 공급받는 짧은 시간 동안 상륙이 허락되어 시내를 바쁘게 돌아보았다. 케이프타운까지 와서 술 한 잔 못 하는 것이 아쉬웠지만 아프리카 최남단 도시 케이프타운에 와본 것만이라도 다행이라 생각했다.

내가 군대에서 제대하기 전 해 1974년도에 복싱선수 홍수환이 남아프리카공화국 더반에서 아널드 테일러 선수를 물리치고 복싱 밴텀급 세계 챔피언이 되었다.

홍수환 선수는 승리의 기쁨을 어머니에게 전화로 이렇게 전했다. "엄마 나 챔피언 먹었어" 그 말을 들은 홍수환 선수의 어머니는 "대한 국민 만세다!"라고 했다.

그 소식은 강원도 양구에 있는 2사단 32연대 1대대 1중대 1소대까지 전해졌다. 나는 그때 비상만 걸리면 광치령 고개를 넘어 원통 진지로 출동해야 했다. '인제 가면 언제 오나 원통해서 못 살겠네'라고 하는 한국 군대 생활의 가장 험지인 그곳에서 내 인생에서 가장 화려할지도 모르는 육군하사로서 분대장을 하고 있었다.

그 뒤 얼마 지나지 않아 대통령 부인 육영수 여사가 8·15 광복절 기념식에서 불의의 사고를 당해 3일 동안 아무 교육과 훈련 없이 추모일을 보냈다.

브리즈번으로 띄우는 편지

7. 인도양을 건너며

코스모폴리스탄[2] 사람이 되다

이제 호주의 아델라이드까지 인도양을 건너야 한다. 대양을 건널 때마다 보름이나 20일 정도 항해를 해야 하니 다음 기항지의 항구가 보일 때까지 지루한 생각이 드는 것은 늘 마찬가지다.

오랜 항해 끝에 목적지가 가까워져 오면 멀리 수평선 위에 산이 먼저 보이고 육지가 가까워지면 도시의 빌딩들이 나타나기 시작한다. 그런데 미국의 뉴올리언스는 미시시피강을 거슬러 올라가면서 수평선 위에 고층빌딩의 꼭대기가 먼저

---

2) '세계적인, 세계인'을 뜻하는 '코스모폴리탄(Cosmopolitan)'에 지방이나 나라를 뜻하는 접미사, '-stan'을 결합하여 '지구촌'이라는 의미로 사용하였다.

보였다.

어느 항구든 밤에 입항할 때는 불빛이 비치는 화려한 항구 도시의 밤 풍경을 보면 형용할 수 없는 심란한 기분이 든다.

미국과 일본을 정기적으로 운항할 때는 평소 알류산 열도 아래로 대권 항해를 한다. 어느 해 북태평양의 겨울철 폭풍을 피해 태평양 한가운데로 항해한 적이 있다. 항해를 시작하고 얼마나 지났을까? 낮에 갑판에 나와 있는데 눈 앞에 펼쳐진 광경이 사방 매끄러운 도화지를 펼쳐 놓은 것처럼 잔물결 한 점 없는 고요한 태평양을 보고 놀랐다.

신기한 마음에 이 넓은 바다가 이렇게 고요할 수가 있나 싶어 사방팔방 시야를 넓혀보고 멀리 수평선을 쳐다보았지만 태평양 바다는 어항에 담긴 물처럼 잔잔했다.

내가 타고 있는 이 배의 스크류가 물살을 헤치는 소리만 고요한 바다의 정적을 깨고 있었다. 자연의 신비 같았다.

선수에서 아래를 내려다보니 거대한 기둥이 물살을 가르는 모습은 고요한 호수에 대형 물고기가 올라와 등 지느러미로 물살을 가르는 모습처럼 보였다.

초등학교에 다닐 때 어느 날 앞집에 사는 종학이가 "야 귀토야, 니 태평양이 와 태평양인 줄 아나?" 하고 물었다. "모른다"했더니 "태평하다고 태평양이라고 한다더라"라고 했다. 지금 생각해 보니 과연 종학이의 말 그대로 태평했다.

밤에 잠이 오지 않을 때는 누가 부르는 것처럼 갑판에 나와 보면 물살을 헤치는 스크류 소리와 엔진 돌아가는 진동 소리만 들릴 뿐 일주일이 지나고 보름이 지나도 낮에는 지나가는 배 한 척 보이지 않고 밤에는 불빛 한 점 없는 적막한 시간이 이어졌다.

사실 넓은 바다에는 지나가는 배를 보기 어렵다, 육지 연안에 가까이 가야 지나가는 배들을 볼 수 있다. 철광석 운반선을 타고 인도와 일본을 정기적으로 항해할 때 동지나해를 지나면서 가끔 상선이나 일본 자위대 군함을 볼 수 있었다.

갑판에 나와 아무 생각 없이 수평선을 바라보다가 멀리 군함 한 척이 오는 것을 보았다. 군함이 가까워지자 배가 좌현으로 돌기 시작했다. 그런데 한 척이 아니고 열 척이 넘는 함대였고 모든 군함의 측면 전체에 시뻘겋게 욱일승천기가 그려진 채로 위용을 과시하며 항해하고 있었다. 나에겐 갑자기 공해에 죽은 망령이 나타나 동지나해를 붉게 물들이고 있는 것 같았다.

나치의 하켄크로이츠를 본 이스라엘 사람들도 나와 같은 생각을 할까?

망망대해, 태평양 위에 떠 있는 일엽편주인지 바이칼 호수에 떨어진 낙엽 한 장인지 대자연 속에서 인간이 얼마나 보잘것없는 미물인지 새삼스러운 생각이 들었다.

아무도 부르는 사람이 없는데도 적막감을 떨쳐 내려고 무심코 갑판에 나갔다가 오늘도 적막감 속에 갇혀 빠져나올 수 없는 현실을 느끼면서 대양을 향해 외로움을 달래 보았다.

작은 유리병 속에 나의 주소와 이름을 적어 넣고 태평양 바다 위에 띄워본다. 세월이 흘러 태평양 연안의 바닷가에서 예쁜 소녀가 내가 태평양에 띄운 병 속의 주소를 보고 나를 찾아오는 꿈을 꾸었다.

이 세상에는 동서고금 아무리 많은 현자와 철학자 그리고 헤아릴 수 없는 많은 종류의 사상과 종교가 있지만, 선과 악, 정의와 불의의 비율을 바꾸지는 못했다.

과거에도 미래에도 천년, 이천 년 아니 앞으로 영원히 선과 악의 비율은 변하지 않을 것이다.

영겁의 윤회 속에 찰나를 살다가는 인간의 온갖 탐욕과 이념이니 패권이니 전체주의니 제국주의니 하는 속절없는 욕망이 허망하였다. 나는 오늘도 국경 없는 지구촌 사람이 되어 대양을 떠돌아다닌다.

코스모폴리스탄
(Cosmopolistan)

날짜 변경선 위에 내 마음을 띄운다.
이즘(ISM) 좋아하는 이즈미스트(Ismist)
가는 길 오는 길에 실어서
마리아나 해구에 던져라.

나는 오늘도 코스모폴리스탄 깃발을 달고
대양을 넘나든다.

잠이 오지 않는 밤, 갑판에 나갔다가 적적한 마음을 달래려고 방으로 들어와 이 글을 읽어 보고 잠이 든다. 나는 시를 쓸 줄도 모르고, 유행가 가사처럼 쉬운 시가 아니면 시를 이해할 줄도 모른다.

궁즉통, 쌓이고 쌓인 적적함에 내가 노트에 끄적거린 낙서이다.

4년 전 망망대해 태평양을 여러 번 왕복 항해할 때 지루함을 이기기 위해 느꼈던 지난날들을 회상해보았다.

병 속에 주소를 적어 넣고 태평양 바다 위에 띄우는 것은 상상만 하고 실행하지는 않았다.

케이프타운을 출항하여 호주의 아델라이드까지 또다시 길고 지루한 항해를 하고 있다.

유럽으로 가기 전 호주의 마지막 기항지 아델라이드에서 1갑원이 귀국하게 되어 교대자가 월간잡지와 신간 소설 몇 권을 가지고 왔다. 그중 김성동 작가의『만다라』와 이문열 작가의『사람의 아들』은 망망대해에서 적적해서 그런지 책장 넘어가는 게 아까울 정도로 재미있게 읽었다.

"인간의 마음속에 있는 신성을 깨닫느냐?" 또는 "신을 거부하느냐? 신에게 귀의하느냐?" 하는 인간의 욕망과 양심의 갈

등, 번민, 고뇌는 늘 소설의 주제가 되는 것 같다.

인간의 양심을 파헤치는 정리된 논리가 있으면 고등종교라 하고 논리가 없으면 하등종교라 한다. 양심을 속이거나 불안한 심리를 붙잡는 데는 빠져나갈 수 없는 치밀한 논리가 필요하다. '니체'는 "신은 인간 세상을 엿보았다"라고 했고 "종교의 신은 인간을 양심의 노예로 만든다"라고도 했다.

인간은 끊임없이 죽고 또 다른 인간이 태어나지만 빠져나갈 수 없도록 양심을 후벼 파는 치밀한 논리로 구성된 경전은 2,000년 전이나 지금이나 썩지도 않고 마르지도 않고 바래지도 않고 끊임없이 양심의 폐부를 찌른다.

1갑원이 아델라이드에서 귀국하게 된 것은 1갑원이 시드니에 있는 ILO(국제노동기구) 분소에 부당한 임금 지급을 고발했기 때문이다. 고발한 다음 날 ILO 시드니 분소 사무원이 배에 방문하여 식당에 선원들을 모아 놓고 고발을 원하는 사람들의 신청을 받았다.

그러자 선장이 더듬거리는 영어로 "우리는 한국에서 출발하기 전에 고용계약서에 동의하는 사인을 하고 왔기 때문에 문제가 없다"고 했다. 그 말을 들은 ILO 사무원이 1갑원을 향해

"어찌된 것이냐"고 묻자 "나의 실수였다"고 하였다. 이후 사무원은 더 이상 묻지 않고 가버렸다.

1갑원은 유럽으로 떠나기 전 아델라이드에서 1년 치 미지급된 차액을 받아 귀국했다.

선진국의 선박회사는 자국 선원의 고임금을 피하고자 임금이 낮은 저개발국가의 선박 용역업체에 선원 수급을 맡기고 있다. 선진국에서는 고임금을 피하고 개발도상국에서는 고용 창출에 도움이 되니 누이 좋고 매부 좋은 편법이다.

1갑원은 단추 구멍처럼 가늘게 찢어진 눈인데도 단발머리가 긴 턱선에 잘 어울리는 멋쟁이이고 매너도 좋다. ILO 시드니 분소에 고발할 만큼 토막 영어도 잘했다. 그러나 이제 귀국하면 그 어떤 송출회사에도, 국내 선박회사에도 취직하지 못할 것이다.

8. 호주, 아델라이드항

술집에서 격투를 벌이다

긴 항해 끝에 드디어 호주의 아델라이드에 도착했다. 이 배의 무역 허브국은 호주이다.

얼마 만인가! 유럽으로 가기 전 마지막 기항지였던 아델라이드를 떠난 지 석 달이 넘은 것 같다. 마치 고향에 돌아온 것 같았다. 백인들이 사는 나라에 와서 고향 같은 푸근함을 느끼는 것을 보니 정들면 고향이라는 말이 맞는 것 같다.

늦은 밤인데도 오래간만에 호주에 오니 그냥 잘 수가 없어 배가 부두에 접안을 마치자마자 3갑원과 둘이 술 한잔하려고 외출했다. 술이야 배에 얼마든지 있지만 배에서 마시는 술과 육지 공기와 사람 냄새 맡으면서 마시는 술은 맛이 다르다.

늦은 밤이라 부두를 빠져나와 맨 처음 보이는 술집으로 들어갔다. 들어가 보니 생각 외로 홀이 작은 술집이었다.

들어가자마자 카운터와 연결된 긴 테이블 앞에 앉아 생맥주 피처 잔을 입에 대는데 "퍽" 하는 소리와 함께 피처 잔이 이빨에 부딪혀 박살이 나고 유리 파편이 입안으로 들어오면서 맥주가 바닥에 쏟아졌다. 순간 멍해서 생각할 겨를조차 없었다.

잠시 멍한 상태에서 먼저 든 생각은 우리 둘 외에는 백인들밖에 없는 주위 분위기에 엄청난 부끄러움과 모욕감이 들었다. 무슨 영문인지도 모르고 약간 두려운 생각이 들었지만, 상황을 판단하기 위해 흥건히 젖은 바닥을 보며 천천히 일어섰다, 우선 옆자리에 앉은 3갑원 피처 잔으로 입안에 있는 파편을 씻어 내면서 혹시 입안이 찢어졌는가 싶어 맥주를 머금고, 뱉어도 보고 헛바닥으로 입안을 훑어도 보았지만, 다행히 입안이 찢어지지는 않은 것 같았다.

당황해하지 않고 상황을 판단하기 위해 두 번 세 번 입안을 헹구고 있으니 내 뒤에서 누군가 나를 향해 계속 시벌거리는 소리가 들렸다. 그때서야 "아, 내가 백인에게 맞았구나! 치욕이다. 이제 죽든지 살든지 오늘 여기서 끝장을 내야 한다. 그렇지 않으면 평생 치욕의 기억을 안고 살아야 하고 죽을 때 부끄러워서 관 속에도 못 들어간다"는 생각이 들었다.

약간은 두려웠지만, 이제는 물러날 곳도 없어 결심하고 나니 덤덤했다. 그러나 막상 한판 붙으려고 하니 약간 겁이 났다. 두려움을 떨쳐 내려고 아까 확인했는데도 입안에 유리 파편이 있는지 없는지 다시 한번 확인하고자 맥주를 머금어 입안을 헹구고 뱉어냈다.

천천히 나를 보고 계속 시벌거리고 있는 녀석 앞에 눈을 노려보며 마주 섰다. 그러자 홀 안에 있던 사람들이 주위로 몰려들었다. 녀석은 구레나룻 수염에 눈과 코를 빼고는 온통 검은 털이 얼굴을 뒤덮고 있었다.

내 눈에 보이는 것은 녀석의 눈과 코뿐이었다. 내가 녀석의 눈을 노려보고 있으니 녀석은 쉬지 않고 계속 나를 보고 무엇이라 시벌거리는데 내가 알아들을 수 있는 말은 중간중간에 "Fucking fucking(시팔 시팔)" 하는 소리만 알아들을 수 있었다.

나는 녀석의 눈을 노려보다가 온몸에 힘을 모아 주먹을 날렸다. 다음 순간 나는 놀라고 있었다. 반사적으로 녀석의 주먹이 날아올 줄 알았는데 내 주먹을 맞은 털보는 내 눈앞에서 통나무 쓰러지듯이 넘어지고 있었다. 그리고 "쿵" 하고 바닥에 큰 대(大)자로 뻗었다. 내가 내 눈을 의심했다.

복수심에 불탔던 내가 오히려 당황해서 멍하니 쳐다보고 있는데 털보의 덩치가 얼마나 큰지 마치 곰 한 마리가 누워있는 것 같았다. 펑퍼짐하게 펴져 있는 배와 털보의 엄청난 큰 덩치에 놀라고 있는데, 내 주먹의 위력이 약했는지 곧바로 일어서려고 팔다리를 뒤척거렸다. 순간 이 좁은 홀 안에서 털보에게 붙잡히면 뼈도 못 추릴 것 같다는 생각에 3갑원을 보고 "뛰어!"라고 소리치면서 바깥으로 뛰어나갔다. 털보도 일어나 나를 뒤쫓았다.

밖으로 나오니 승용차 한 대가 보였다.

털보와 나는 승용차를 세 바퀴 돌고, 반대 방향으로 또 세 바퀴 돌았다. 털보가 멈추자 나도 마주 보고 멈췄다. 그러다가 갑자기 오른쪽으로 한 바퀴, 왼쪽으로 한 바퀴 돌았다가 잠시 멈추었다. 다시 오른쪽으로 도는 척하다가 왼쪽으로 반 바퀴, 왼쪽으로 도는 척하다가 오른쪽으로 반 바퀴, 아무래도 잡히지 않자 이번에는 승용차를 넘어오려고 했으나 어림도 없었다. 털보의 배가 너무 불러 가랑이가 벌어지지 않았다. 털보가 아무리 지랄발광을 해도 나를 붙잡을 수는 없었다.

털보는 내 주먹에 홀 안에 있는 사람들에게 개망신을 당하고 분기탱천하여 나를 잡아 죽이려고 했다. 허둥지둥거리고 눈알이 튀어나오려 했다. 내가 다시 붙어보려고 해도 흥분한 녀석에게 이제 날리는 내 주먹은 녀석의 콧잔등에 앉은 모기만큼이나 위력이 없을 것이다. 그렇다고 도망가자니 쪽팔리고, 다시 붙어서 무릎으로 급소를 치려던 생각이 들 찰나에. 남자가 남자에게 할 짓은 아니란 생각과 내 무릎이 털보의 급소에 닿지도 않을 거란 생각이 들었다. 털보도 지쳤는지 분통에 찬 눈으로 나를 노려만 보았다.

잠깐이지만 출렁이는 배를 안고 허둥지둥거렸으니 지칠만했다. 내가 도망을 가도 털보가 나를 잡지 못하지만, 혹시 왜소한 3갑원이 잡힐까 걱정이 되었다. 주위를 둘러보니 3갑원은 멀찍이 떨어져 털보와 나의 대치상황을 초조하게 지켜보고 있었다.

그때 술집에서 두 명의 남자가 나와 털보의 등 뒤로 걸어오고 있었다. 나는 두 사람을 보고 있었지만, 털보는 보지 못하고 있었다. 두 남자는 말없이 털보의 등 뒤에 서더니 갑자기

동시에 털보의 팔을 하나씩 잡고 털보의 등 뒤로 꺾으며 나를 보고 가라고 고갯짓하였다. 내가 3갑원을 불러 걷고 있는데 뒤에서 "Running!(뛰어!)"이라는 소리가 들렸다.

돌아보니 "러닝! 러닝!" 하면서 한 손으로 빨리 뛰어가라며 손짓하고 있었다. 나를 도와주러 온 두 남자에게 고맙다는 마음을 가지고 3갑원과 나는 두어 블록 정도를 힘껏 뛰다가 골목으로 접어들어서는 걷기 시작하였다. 뜀박질을 멈추고 걷다가 처음에는 죽기 살기로 끝까지 싸우려고 하였으나, 털보가 겁이 나 도망쳤다는 기분이 들어 찝찝했다.

나를 때린 털보가 겁이 나서 도망가는 것이 아니라 털보의 덩치가 너무 커서 도무지 이길 수 없으니 피하는 것이라고 속으로 변명했다.

그나저나 털보는 왜 내게 주먹을 날렸을까? 우리가 술집에 들어갈 때 아무하고도 눈을 마주치거나 어깨를 스친 적은 없었다. 혹시 털보가 내 몸에 붙은 악마라도 보았단 말인가?

그건 그렇고 이 세상에 어린아이가 아니고는 누가 내 주먹 한 방에 큰 대(大) 자로 뻗는단 말인가! 아마 털보는 자기의 덩치만 믿고 내가 반격하리라고는 생각지도 않은 채 주둥이에서 나오는 대로 욕을 하고 있다가 복수심에 떨던 나의 주먹이 갑자기 정확하게 털보의 턱에 꽂혔던 것 같다. 백인에게 맞았다는 점은 평생 지울 수 없는 마음의 흠집이 될 것 같았다. 반드시 복수해야만 했다. 털보는 아주 드물게 있는 백인국가의 우월의식을 가지고 있는 인종차별주의자일까? 흑인이나 황인종에게 맞았다면 오늘 재수가 더럽게 없는 날로 치부하고 돌아섰을지도 모른다.

어느 나라나 저급한 삼류 민족주의를 내세우거나 떼거리 정신을 내세우며 텃세를 부리는 사람들이 있기 마련이다. 아프리카의 흑인은 아무 이유도 없이 위협을 주며 싸움을 걸어왔지만, 호주의 백인은 아무 예고도 없이 바로 주먹이 날아왔다. 동물의 경계심이 아니라 우월의식이다. 본인의 의사와는 관계없이 우연히 흑인으로 태어났고 또한 우연히 백인으로 태어났다. 누가 그들에게 우월을 부여했나. 백인들의 폭력이 우월한 것뿐이다.

브라질에 도착한 로빈슨 크루소가 농장을 운영하려고 하니 일손이 부족했다. 그러자 로빈슨 크루소는 아프리카에 가서 노예사냥을 해야겠다고 했다. 마치 뒷산에 가서 산토끼 사냥을 하듯이 쉽게 말했다.

내가 처음 배를 타고 미국으로 갈 때 혹시나 인종차별이라는 불쾌한 일을 당할까 봐 마음속으로 무척이나 경계했다. 미국과 캐나다를 오랫동안 정기적으로 다녀보았다. 배를 타고 미국에 정박해서 일주일이나 길면 열흘쯤 머무는 동안 내가 본 지금의 미국 사람들은 경제적으로 풍요를 누리고 있어서인지, 선진국 사람들의 평균 교양인지, 경계심이 없고 일거수일투족이 여유가 있고 생각 외로 모두가 친절했다.

나의 엉터리 영어를 듣고 잘 알아듣지 못하겠다는 뜻으로 고개를 갸우뚱하며 코믹한 표정을 지으며 어깨를 한번 으쓱하는 미국인들의 행동이 여유 있고 멋있게 보였다.

술집에서 우연히 옆자리에 앉았다가 떠날 때는 "Take it easy"나 "Have a nice day"라고 인사했다.

지난 3년 동안 어디에서도 사람들 사이에 실랑이가 벌어지는 불미스러운 장면을 보지 못했다. 다만 우연히 본 장면이지만 선창에서 철근 하역작업을 하는 광경을 보다가 먼지가 뿌연 선창 안에서 일하는 인부들은 모두 흑인들이어서 혹시나 하고 백인을 찾아보았으나 보이지 않았다. 철근은 화물 중에서도 하역 작업하기 까다롭고 위험해 보였다.

월간잡지에서 재미교포들이 인종차별을 당한 이야기를 읽

어 본 적이 있지만, 미국의 실생활에 들어가 보지 않았고 지금까지 한 번도 인종차별로 느끼는 불쾌한 일을 당하지 않아서 그런지 단편적인 판단이지만 인종차별 같은 선입견이 많이 희석되었다.

지난해 처음 호주에 왔을 때는 더 넓은 대륙에 적은 인구가 풍요를 누리고 살고 있어서인지 미국이나 캐나다와 다름없었고 학교에서 배운 '백호주의'가 무색해졌다. 모든 것이 여유롭게 보였고 좀 더 푸근하고 친근감이 들었다. 그래서 이곳 호주가 시기, 질투, 사기, 음모, 계략, 조작이 없는 그토록 부러워하는 이상적인 선진국의 꿈을 현실로 실현해 놓은 환상의 땅에 도착한 것 같았다.

만물에 양과 음이 있듯 인간 세상 어디엔들 선과 악이 없으랴마는 그만큼 내 마음이 선진국에 대한 부러움이 간절했기 때문이리라!

백호주의는 인종차별의 대명사처럼 알려졌지만, 어느 국가든 자국의 미래와 국리민복을 먼저 판단해야 하는 위정자들의 몫일 것이다.

평균 두 달에 한 번 정도 호주에 온다. 한반도의 35배가 넘는 광대한 영토와 남한 인구의 절반인 1,700만밖에 살지 않은 호주에 올 때마다 부러운 마음과 함께 마음도 푸근해졌다.

그런데 그런 호주에서 생각지도 않았던 폭력을 당했다. 처음 폭력을 당했을 때 순간적으로 드는 생각이 내가 털보와 결투를 벌이더라도 누구도 백인이라고 해서 털보의 편을 들지 않고 나의 정당방위를 존중해 줄 것이라고 믿었다. 오랫동안 내가 부러워하던 백인이 사는 선진국을 다녀보면서 이들이 사는 사회는 이성적이고 합리적일 것이라고 스스로 내 마음속에 누적된 생각이었다.

태즈메이니아 원주민 학살을 떠올리며 이중잣대라는 양심의 갈등을 느꼈지만, 인간의 감정과 체감은 현실에 친근하다. 그래서 호주도 마찬가지로 일 년 동안 다녀본 막연한 느낌으로 그런 생각이 들었다. 어느 나라나 정신이상자나 미친놈이 있기 마련이다. 결과적으로 나는 평범한 호주 청년들의 도움을 받게 되었고 평소 나의 믿음이 빗나가지 않았다.

한바탕 소란이 있었지만 내가 느끼는 호주 사람들에 대한 친근감에는 변함이 없다. 아무튼, 한 대 맞고 한 대 쳤으니 본전은 찾았다. 기분도 개운했다.

시드니에서는 친구 케리가 기다리고 있을 것이고 케리의 소개로 브리즈번에서 만났던 카펜터 부인과 로라 양이 떠올랐다. 석 달 전 만났던 시원시원한 얼굴에 배려심 깊고 구김살 없는 밝은 표정의 로라 양이 생각난 것은 아마 호주에서 생각지도 않은 황당한 일을 당하고 나니 로라 양을 만나 설렜던 순간순간들이 스쳐 지나갔다.

생각해 보니 유럽에 갔다 오는 석 달 동안 한 번도 로라 양 생각을 해 본 적이 없었다.

다음날 갑판에서 3등항해사가 나를 보자마자 웃으며 "어제 시원하게 한 방 날렸다면서요"라고 했다. 아마 3갑원에게 들었을 것이다. 나는 처음에는 죽기 살기로 싸우려고 했지만, 털보의 덩치에 질려서 피해 다니다가 호주 청년들의 도움으로 겨우 도망쳐왔다고 당시 정황을 설명했다.

자랑할 것도 없고 좋아할 것도 아니고 허풍 치기 싫어서 아무 표정 없이 가만히 있었다. 내가 아무 말이 없자 "위험할 뻔했심더"라고 3등항해사가 말했다.

"위험할 거 뭐 있능교? 싸움이 크게 벌어지면 경찰서에 가면 되지. 정당방위 아인교?"라고 했더니 "경찰서에 가도 믿을 수 있겠능교?"라고 하며 고개를 좌우로 살래살래 혼들었다. 3등항해사는 경찰서에 가도 백인들의 잠재의식 속에 있는 백인 우월의식이나 인종차별이 작동하지 않나 하고 의심을 하는 것 같았다. 3등항해사는 진심으로 걱정해주는 심각한 표정을 지었다.

3등항해사는 3갑원과 같이 이 배의 승선 동기인데 나이는 물어보지 않았지만 나보다 너덧 살이 많아 보인다. 가끔 일과를 마치고 갑판에 나가면 서로 만나 이야기를 나누기도 한다. 쌍꺼풀이 진 눈만 아니면 부처님 닮은 선량하고 어진 인상에다 늘 생글생글 웃는 듯한 눈이 친근감을 준다.

하루는 갑판에 나온 나를 보고 "인상 좀 펴고 다니소. 세상 고민 혼자 다 하는 것처럼 보입니더"라고 해서 내가 머쓱했다. 3등항해사에게 "왜 이렇게 해기사 시험을 늦게 보았냐?" 라고 물었더니 갑판원과 조타수를 하면서 선원 생활을 그만 두고 싶었으나 아무리 해도 육지에서는 직업을 구할 수 없어서 이번에 해기사 시험에 합격해 3등항해사로 나왔다고 했다.

브리즈번으로 띄우는 편지

9. 지롱항

오스트레일리아의 원주민 "에보리진"을 보다

3갑원과 지롱 시내를 걷다가 에보리진이 술집 앞에서 술집 종업원으로 보이는 사람과 실랑이를 벌이다가 뒤로 벌러덩 넘어졌다.

어떤 실랑이든 미국과 캐나다에서도 물론이거니와 호주에서도 처음 보는 장면이었다. 길거리에서는 에보리진을 한번 보았는지 한 번도 못 보았는지 기억에 없을 정도다. 눈여겨보았지만, 아프리카게 흑인은 한 번도 보지 못했다.

처음 호주에 왔을 때 원주민 에보리진을 쉽게 볼 수 있을 거로 생각했다. 지금까지 브리즈번의 시멘스 클럽에서 백인 남자와 부부로 보이는 여자 에보리진을 유일하게 본 것 같다.

외국의 어느 항구도시나 다 마찬가지로 단골 술집이 있는 것도 아니고 그때그때 발길 닿는 대로 들어간다.

술집 앞에서 벌어진 장면을 보고 왜 저러나 하고 호기심이 생겨 그 술집으로 들어갔다. 테이블에 앉으니 시퍼런 면도 자국에 남성미가 줄줄 흐르는 남자 서빙맨이 우리에게로 오더니 "어디서 왔느냐"고 물었다. "한국에서 왔다"고 했더니 자기 아버지가 한국 사람 "김 씨"라고 하면서 아주 반가워하며 악수를 청했다. 나는 "바깥에 에보리진이 왜 저러느냐"고 물었다. 남자는 "에보리진이 술이 너무 취해 못 들어오게 한다"고 했다.

알래스카의 앵커리지에서 이누이트 청년 세 사람이 할 일 없이 시내 외곽에서 어슬렁거리며 배회하는 것을 보았다, 찢어진 눈이 한국 사람보다 더 한국 사람 같았다. 수만 년 전에 베링해를 건너간 동족을 만난 것처럼 나도 모르게 가슴이 찡했다. 울산 병영에서 농사짓느라고 햇볕에 얼굴이 그을진 고향 사람 같았다. 한국말로 말을 걸면 한국말로 대답할 것 같은 착각이 일었다. 아메리카에서나 이곳 호주에서나 원주민들은 백인들과 어울려 정상적인 사회활동을 못 하니 서서히 도태되어 가는 것 같았다.

언젠가 이곳 지롱에서 라이브 가수가 노래 부르는 술집에 들어갔을 때 노래가 끝나고 잠시 쉬는 시간에 여자가수가 내게로 와서 "영어 할 줄 아느냐?"고 물었다. 내가 "영어 못한다"고 했더니 아쉬운 표정을 지으며 돌아갔다. 좋은 인상을 받았지만, 엉터리 영어를 하다가 창피를 당할까 봐 엉겁결에 영어를 못한다고 했다. 쉬는 시간이 끝나고 남자가수가 노래를 부르는데 옆에 앉아있던 3갑원이 "팻분 노래다"라고 했다. 듣고 보니 한밤의 라디오 프로그램에서 하는 〈별이 빛나는 밤에〉 또는 〈한밤의 음악편지〉에서 많이 듣던 팻분의 부드러운 목소리와 비슷했다.

그런데 남자가수가 노래를 부르는 동안 조금 전에 나에게 "영어 할 줄 아느냐?"고 물었던 여자가수가 허공을 바라보고 있는데 그 모습이 너무 쓸쓸해 보였다. "아! 내가 영어를 좀 잘했으면 친구가 되어 줄 수 있었을 텐데" 하고 아쉬워했다. 내가 하는 영어는 술집에서 뜨내기 남자와 아무렇게 말해도 부담 없는 토막 영어다. 여자에게는 창피를 당할까 봐 주눅이 들어 용기가 생기지 않았다.

3갑원은 작은 키에 왜소하지만 조금 곱슬진 머리카락을 어깨까지 치렁거리고 콧수염을 길렀다가 깎았다가 하는 멋쟁이다. 3갑원은 팝송의 제목과 가수 이름을 꿰차고 있다.

10. 멜버른항
내가 '프로이트의 비로도'라고 작명한 그림을 다시 보다

멜버른은 미국의 보스턴 시내처럼 식민지 개척시대의 수도 역할을 했던 곳이라 호주의 여느 도시와는 다르게 옛 건축물이 많이 보이는 도시다.

　외출을 나왔다가 돌아가는 길에 언제나처럼 지난 항차에도 보았던 그 그림이 오늘도 건널목 앞에 보도 위에 그대로 세워져 있었다, 몇 항차째인지는 모르지만 내가 무심코 건널목을 건너다가 인도 위에 세워져 있는 이 그림을 보고 "아니 이런 해괴망측하고 퇴폐적인 그림을 사람들이 지나다니는 이런 길거리에 버젓이 세워놓았나?" 하고 흠칫 놀래서 발걸음이 멈춰지면서 몸이 흔들렸다. 그림의 크기도 나의 허리 아래까지 올 정도로 큰 그림이었다.

남자의 성기가 너무 길어 온몸을 칭칭 감았고 그것도 모자라 목까지 감고 있고 자기 성기에 목이 감긴 남자는 숨이 막혀 눈알이 튀어나오려고 하는데 귀두는 팔팔하게 살아서 남자의 눈앞에서 꺼떡거리고 있었다.

　　하도 괴상망측한 그림이라서 이 그림과 연관된 장소가 있나 싶어서 주위를 살펴보았지만 그럴만한 장소는 없는 것 같았다. 아무리 명품이라도 품위 떨어지게 이런 그림을 갤러리 앞에 세워 둘리 없지만, 혹시나 성(Sex)과 관련된 가게나 건물이 있나 싶어 둘러 보았다. 지금 이곳은 번화가에서 벗어난 곳이라서 네온사인도 없고 가로등만 있는 좀 어두운 곳이지만 낮은 건물이 다닥다닥 붙어있는 도심지 외곽이다.

　　낮에는 지나다니는 사람들이 제법 많을 거라 생각됐다. 지난 일 년 동안 호주의 대도시, 시드니와 멜버른을 다녀보았지만, 호주에는 성(Sex)을 상품화한 가게는 없었다. 듣지도 보지도 못했다. 미국의 어느 도시에서나 쉽게 볼 수 있는 스트립쇼를 하는 술집이나 포르노 영화관도 없었다.

　　일본의 스트립쇼극장에서는 "인간도 동물이다"라고 증명하고 있었다. 일본에서도 〈우키요에〉의 춘화인지는 모르겠지만 차마 쳐다보기 민망한 그림을 보았지만 어디까지나 성인용품 가게 안이었다.

성 상품화가 발달한 미국이나 일본에서도 이런 그림을 길거리에서 본 적이 없었다. 멜버른에 올 때마다 눈에 뜨이는 이 망측한 그림을 보고 왜 이런 그림을 사람들이 지나다니는 길거리 건널목 앞에 세워 두었을까? 하고 곰곰이 생각하다가 생각하면 할수록 가장 노골적이고 실제적인 표현을 해놓은 이 그림이 명작 중의 명작이라는 생각이 들었다. 이 그림을 그린 화가는 길거리가 아니라 하늘에 걸어두고 싶었는지도 모른다.

나는 이 그림의 제목을 지어보았다. '위대한 작품', '불후의 명작', '인간의 고민', '나의 고민' 등등 이것저것 생각하다가 프로이트가 인간의 모든 정신질환은 성적 욕망(비로도)이 원인이라고 했다. 그래서 나는 이 그림의 제목을 '프로이트의 비로드'라고 지어보았다.

11. 시드니항

시드니 동물원의 거울에 비친 "세상에서 가장 잔인한 동물"

드디어 시드니항의 하버브릿지가 보인다. 일 년 전 이맘때 부
산 김해공항에서 출발했다. 서울의 김포공항, 도쿄의 하네다
공항, 하와이에서는 호놀룰루 공항에 착륙하기 전 비행기가
하와이 상공을 선회하면서 제주도의 성산 일출봉과 같은 다
이아몬드 분화구와 와이키키 해변을 구경하라는 기내 방송이
나왔지만 내가 앉은 자리가 창가가 아니라서 보지 못했다.

　로스앤젤레스에서 작은 비행기로 갈아탔다. 로스앤젤레스
를 이륙해서 멕시코에서 급유할 때는 오랜 시간 비행기 여행
에 지쳐서 바깥에는 숲과 활주로만 보일 뿐 여기가 어딘지 알
고 싶지가 않았다.

상파울루 상공에서 내려다본 거대한 도시는 어스름이 깔려 대부분 빌딩에서 불빛이 새어 나오고 있었다. 누군가 비행기를 타고 육지를 내려다보면 빌딩들이 성냥갑만 하고 사람들이 개미만 하게 보이면 부질없이 아웅다웅 다투는 인간 세상을 달관하게 된다고 했다.

나는 뻘구덩이 차안(此岸)에서 해탈의 경지인 피안(彼岸)으로 들어가기 위해 눈을 감아본다.

그러나 나의 지능으로 해탈의 경지인 피안으로 들어가 볼 수 없다. 그래서 번뇌 망상이 뒤엉켜있는 복잡한 문명 세계를 벗어나 아마존 밀림으로 들어가 본다. 그곳에 사는 원시 부족에게는 이념, 패권, 제국주의, 국수주의, 전체주의, 민족반역자, 변절자, 부역자 같은 단어가 없을 것이다. 지구상의 한 종족과 하나의 언어가 사라지지 않도록 더 이상 문명 세계가 그들을 침범하지 않았으면 하고 간절히 바랄 뿐이다.

우리가 사는 지구는 무한한 우주에서 우리는 좁쌀만 한 작은 존재이고 그 속에서 영겁의 윤회를 거듭하며 찰나를 살다 갈 뿐이다. 뻘구덩이 차 안으로 돌아와 눈을 떠본다. 화려한 빌딩군들의 외곽에는 빈민촌이 있을 것이고 부유한 동네에서는 단란한 가족들이 둘러앉아 행복한 웃음 지으며 저녁 식사를 하는 사람도 있을 것이다.

어제도 오늘이고 내일도 오늘이다.

지금 내가 승선할 선박은 15,000톤으로 외항선치고는 비교적 작은 선박이다. 큰 선박이나 작은 선박이나 30명 안팎의 선원이 승선하고 있다. 망망대해에 떠 있는 낙엽 한 장 같은 그곳에도 온갖 시기와 위력 행위가 있다.

길고 긴 비행기 여행 끝에 브라질의 레시페에서 승선했다. 남아메리카 대륙의 최남단 마젤란 해협을 돌아 남태평양을 건너 시드니에 도착했다. 아치형의 하버브릿지와 조개껍데기 모양으로 지은 유명한 오페라하우스가 눈에 들어왔다. 가슴이 설레면서 그림으로만 보던 시드니 항구의 전경이 눈앞에 펼쳐졌다. 하버브릿지는 뾰족한 첨탑보다 동그란 아치형이 주위의 경관과 잘 어울려 정감이 갔다. 내항으로 들어가면서 튼튼하게 짜인 하버브릿지의 하부구조를 올려다보면서 지나갔다.

초등학교 때 형의 세계 지리부도를 펴놓고 보던 도시 이름처럼 멋진 도시일 것이라고 백일몽을 꾸었던 풍경이었고 상상했던 대로, 듣던 대로 세계 3대 미항답게 멋진 도시였다.

일 년 동안 여러 번 시드니를 들락거렸지만 아직까지 오페라하우스에는 한 번도 가보지 않았다, 콘크리트로 지은 그 건물이 흥미가 없어서가 아니라 술집에 가기 바빴고 내항을 지나가면서 멀리서 본 것만이라도 충분했기 때문이다.

언제나 가던 같은 길로 킹스크로스 거리로 가고 있다. 하얏트호텔이 보이는 지하철 입구에서 왼쪽으로 꺾어 올라가면 바로 킹스크로스 거리다.

어느 날 밤에 킹스크로스 거리의 가로등 옆에 서서 지나가는 차량과 건너편에 지나다니는 사람들을 물끄러미 쳐다보고 있는데 누군가가 뒤에서 내 어깨를 툭툭 쳤다.

뒤돌아보니 내 뒤에는 사람이 없고 옆에 키 큰 여인이 서 있었다. '이상하다! 누가 내 어깨를 쳤지?' 하고 주위를 두리번거리다가 옆에 서 있는 여인을 쳐다보니, 이베리아반도에서 왔는지 코가사스 산맥 어느 기슭에서 왔는지 길게 늘어뜨린 검은 머리에 그림을 그려놓은 듯한 짙은 눈썹이 부티크의 마네킹은 저리 가라 할 정도로 완벽한 조형미를 갖춘 미인이었다.

'설마 이 여자가 내 어깨를 쳤을 리 없다. 내가 귀신한테 홀렸나?' 하면서 여인을 쳐다보았다. 여인은 무표정으로 앞만

브리즈번으로 띄우는 편지

처다보고 꼼짝도 하지 않았다. 내가 머쓱해서 발걸음을 옮기니 그때서야 나를 보고 싱긋 웃었다. 왜 싱긋 웃는지 이유를 생각하기 싫었다.

혹시 오늘도 킹스크로스 삼거리에 풍각쟁이가 와 있는가 싶어 가보았더니 오늘은 오지 않았다. 서양 사람치고는 키도 작고 빼빼 마른 몸인데 혼자 기타치고 노래를 불렀다. 목에 핏대를 세우고 긁개로 목청을 할퀴어내는 듯한 허스키한 목소리와 다이나믹한 몸동작을 하며 부르는 그의 노래는 내가 딱 좋아하는 스타일이었다. 그런데 그렇게 노래부르면 얼마 못가 목이 아프고 지칠텐데 그 풍각쟁이는 계속 노래를 불렀다. 드문드문 구경하던 사람들이 땅바닥에 놓아둔 납작한 모자 속에 동전을 넣어주었다. 풍각쟁이는 다음날도 그다음 날도 나오지 않았다.

오늘도 술집에 앉아있으니 어김없이 친구 케리가 찾아왔다. 킹스크로스 거리가 짧기도 하거니와 나의 짐작이지만 케리가 전화국에 근무하고 있어서인지 선박의 입출항 상황을 잘 알고 있는 것 같았다. 아마 항만관계자에게 전화해서 알았는지 모르겠다. 우리는 만나자마자 킹스크로스 삼거리 언덕 아래에 있는 '아리랑 레스토랑'으로 자리를 옮겨서 소주를 주문했다. 한국에서는 소주 한 병에 100원 정도인데 여기서는 호주

달러로 계산해보니 1,000원쯤 되었다.

언젠가 들어가 본 미국의 시애틀인지 캐나다의 밴쿠버인지 "서울식당"이라는 한국교포 집에서도 소주는 한국의 열 배 값이었다. 오늘도 언제나처럼 키 큰 한국 남자가 입구에서 서서 머리를 숙이는 한국식 인사를 하며 손님을 맞이했다. 키가 얼마나 큰지 이곳 호주 사람도 그 사람만큼 키 큰 사람을 보기가 쉽지 않았다. 나도 한국 사람치고는 키가 큰 편인데 내가 한참 올려다보았다.

거의 2미터 정도는 되는 것 같았다. 그런데 그 정도 크면 얼굴이 거인 형이고 덩치도 거구일 텐데 그 사람은 인상 좋은 평범한 한국인의 얼굴에 몸매도 날씬했다.

이곳에 여러 번 와도 한국교포가 운영하는 레스토랑이 있는 줄 몰랐다. 한 번도 삼거리 언덕 아래로 내려가 보지 않았기 때문이다. 지난 항차 케리가 이곳을 안내해서 알게 되었다. 케리를 알게 된 것은 동료 선원들과 술을 마시다가 옆 사람과 이야기하던 3갑원이 나를 보고 "조형, 이 사람 쇼팽을 좋아한다 하네요"라고 했다.

나는 한국가요와 팝송을 좋아하지만, 클래식은 좋아하지 않

브리즈번으로 띄우는 편지

을 뿐만 아니라 클래식 음악을 좋아하는 사람은 나와 같은 지구인이 아니고 외계인으로 취급하기 때문에 3갑원의 말은 들은 척도 안 하고 어떤 사람인지 관심도 없었다. 그렇다고 클래식 음악을 한 번도 안 들어본 것은 아니다. 한밤중에 하는 음악 프로그램에서 들어보았다. 북한에서 내려온 간첩도 알 만한, 마치 운명을 예감하는 듯한 베토벤의 〈운명〉과 장엄하게 들리는 〈운명〉과는 달리 감미롭게 들리는 〈엘리제를 위하여〉는 같은 작곡자가 맞나 싶었다. 그러나 사람의 손이 아닌 기계음처럼 들리는 쇼팽의 음악은 내가 천박한지 지능이 낮은지 도무지 알 수가 없었다. 중학교 음악 시간에 쇼팽(Chopin)을 왜 "초핀"이 아니고 쇼팽이라고 하는지 한참 궁금했던 적이 생각났다. 그리고서 본척만척했던 케리를 다음 항차에 또 만났다. 한 번 만나고 두 번 만나고 하다 보니 친근해졌다.

어느 날, 동료들과 케리와 함께 길을 걷다가 내가 한국가요를 흥얼거리는데 "샤랍(Shut up)" 하는 소리가 들렸다. 경상도 말로 하면 "주디 닥치라"인데 알고 지낸 지 얼마 안 되는 외국인 친구에게 "샤랍"이라니 '무슨 이런 놈이 있나' 하고 고개를 휙 돌려 케리의 얼굴을 쳐다보니 케리는 허공을 쳐다보며 "샤랍 샤랍(Shut up shut up)" 하고 혼자 중얼거렸다. 나는 아무 때고 무심코 한국 유행가를 잘 흥얼거린다. 그럴 때면 케리는 신기한 듯 나를 처다본다.

다음날 갑판에서 만난 3등항해사가 나에게 어제 시드니 동물원에 갔다 온 이야기를 했다. 나는 동물원을 무척 싫어한다. 어린 시절 동래 금강 공원 동물원에 갔을 때 호랑이는 비교적 넓은 울타리 안에서 여유 있게 활동할 수 있는 공간이 있었지만, 북극곰은 물웅덩이가 있는 좁은 울타리 안에서 머리와 다리를 잠시도 쉬지 않고 계속 흔들고 있었다.

그 모습이 안타까워서 언제쯤 멈추나 하고 한참 지켜보았지만 멈추지 않았다. 궁금하기도 하고 이상하다 했는데 어느 책에서 북극곰의 그 행동은 더위를 참지 못해서 하는 행동이라고 했다. 더 넓은 북극의 빙판 위에서 어슬렁거리는 북극곰이 떠올랐고 그리고는 좁은 새장에 갇혀 있는 독수리도 떠올랐다. 인간들의 눈을 잠시 즐겁게 하려고 자연에서 날고 뛰어놀아야 할 모든 동물이 얼마나 답답할까? 하고 동물원이라는 말만 들어도 거부감이 들었다. 태즈메이니아 원주민과 함께 사라진 호랑이 줄무늬가 있는 태즈메이니아 주머니 늑대라는 희귀한 동물이 호주에 올 때마다 사진으로 본 모습이 떠올랐다. 고양이과인지 개과인지 캥거루처럼 양육 주머니가 달려 있다고 하니 그 모습이 더 궁금했다. 포유류의 몸에 오리 부리 같은 주둥이가 달린 오리너구리와 유대류 동물들이 사는

호주 대륙은 같은 지구가 아니라 지구의 이웃 행성 같은 생각
이 든다.

3등항해사는 캥거루와 코알라, 그리고 세상에서 가장 작은
새인 벌새를 본 이야기를 하다가 어느 곳에서 "세상에서 가장
잔인한 동물"이라고 써놓고 화살표가 있어 따라가 보니 막다
른 길이 나오고 앞에는 거울이 걸려있었다고 했다.

『안네의 일기』에 세상에서 가장 잔인한 동물은 인간이라고
쓰여 있었다. 안네의 일기를 쓴 안네 프랑크 양은 니체의 『짜
라투스트라는 이렇게 말했다』를 읽어 보았을까? 아니면 영리
하고 조숙한 15세 어린 소녀가 스스로 깨달은 생각일까? 안네
양보다 백 년 정도 먼저 태어난 철학자 니체의 사색과 죽음의
공포를 느끼는 극한 상황에 놓인 한 소녀의 깨우침이 시공을
초월하여 같은 생각을 하였을까?

12. 브리즈번항

카펜터 부인과 로라 양을 만났던 곳
그리고 헬레나 양의 집에 초대되다

브리즈번에 도착했다. 석 달 전 이곳에서 카펜터 부인과 로라 양을 만났다. 지난 항차 유럽으로 가기 전 브리즈번에 왔을 때 기관실에서 일하고 있는데 조타수가 기관실로 나를 찾아와 바깥에 손님이 찾아왔다고 알려주었다. 나는 '호주에 아니, 브리즈번에 누가 나를 아는 사람이 있다고 나를 찾아오나?' 하고 어리둥절했다. 그때 나는 정유기를 청소하고 있었다. 더러워진 옷은 할 수 없지만, 세면장에 가서 거울을 보며 얼굴에 슬러지(정유기에서 나오는 뻘과 같은 찌꺼기)가 묻었는지 확인하고 손이라도 대충 씻었다.

갑판으로 나가는 동안 아무리 생각해도 '누구일까?' 하고 궁금하기 짝이 없었다. 갑판의 트랩 위에 올라서서 아래를 내려

브리즈번으로 띄우는 편지

다보니 트랩 앞에는 주위가 환해지는 하얀색의 화사한 옷을 입고 키가 훤칠한 두 여인이 나를 보자마자 마치 나를 잘 알고 있는 듯이 활짝 웃으며 손을 흔들었다. 그 순간 '아! 카펜터 부인과 로라 양이구나' 하고 나도 덩달아 손을 흔들었다.

두 여인이 나를 보고 환하게 웃으며 손을 흔드는 모습은 마치 외국영화에서 본 한 장면 같았다. 다음 순간 '아이쿠 이거 큰일 났구나!' 하고 내가 입고 있는 더러운 옷은 일하다 나왔으니 어쩔 수 없으나 나의 엉터리 영어로 저 멋진 손님들을 어떻게 맞이해야 하나 하고 마음속으로 잔뜩 주눅이 들었다.

그제서야 시드니에서 케리가 여자친구를 소개해준 생각이 났다. '아. 케리 녀석 멋진 여인들이라고 나에게 귀띔이라도 해주지. 그랬으면 만나지 않겠다고 하면 되었을 텐데' 하는 생각이 들었다. 하지만 이미 돌이킬 수 없는 상황이다. 한눈에 봐도 미인인데다가 눈부신 옷을 입고 있는 두 여인을 만나러 걱정을 가득 안고 트랩을 내려가는데 계속 나를 보고 환하게 웃으며 손을 흔드는 모습을 보니, 나를 오늘 처음 만나는 사람이 아니라 오랫동안 헤어져 있던 친지를 만나는 것처럼 반가워하는 모습이었다.

그 순간 점점 눈앞으로 가까워지고 있는 두 여인을 보며 내

옷이 얼마나 더러운지 내가 얼마나 영어를 못하는지는 몽롱한 꿈속에 빠지듯이 마음의 걱정은 잊어버렸다. 가까이서 보니 두 여인은 갑판 위에서 보던 대로 미인들이었다. 트랩을 내려온 나에게 키도 크고 이목구비가 시원스럽게 생긴 로라 양이 환하게 웃는 얼굴 그대로 먼저 악수를 청했다. 나는 손이 더러우니 악수를 하지 않아도 된다고 사양했다. 로라 양은 내민 손을 흔들며 "괜찮다"고 하면서 다시 청했다. 나는 슬러지 묻은 더러운 손을 보여주며 다시 사양했다.

그러자 로라 양은 한 발짝 다가오더니 다른 손으로 나의 손목을 끌어당겨 악수했다. 그리고 카펜터 부인도 악수를 청했다. 로라 양의 소탈한 행동에 긴장한 마음이 조금 풀어졌다. 하얀 색깔과 디자인도 똑같은, 카펜터 부인과 로라 양이 입고 있는 원피스의 옷은 고풍스러우면서 품위있었다. 넓은 소매자락과 잘록한 소매에는 레이스가 달려있었다. 허리는 잘록하고 주름진 넓은 치맛자락은 우아하게 보였다.

갑판으로 올라와서 먼저 식당과 주방을 구경시켜주고 있는데 2등항해사가 나타나서 탑브릿지의 조타실로 안내했다. 2등항해사는 평소 나의 술친구 요리사에게 음식 투정을 해서 내가 별로 좋아하지 않는데 가끔 통로에서 만나면 생글생글 웃으며 친근한 표정을 짓는다. 어찌되었던 나를 찾아온 손님을 안내해주어 고마웠다.

조타실에서 항해술에 대하여 간단한 설명을 하고 여러 가지 기구들에 관해서도 설명을 해주었다. 로라 양이 해도와 콤파스를 가리키며 2등항해사에게 "당신이 이것을 조작하느냐?"고 물었다. 2등항해사는 "내가 조작한다. 나는 2등항해사이고 전문학교를 나왔다"라고 했다. 나는 로라 양이 가만히 듣고 있는 것보다 관심을 가지고 대화가 오고 가니 좋은 분위기로 느껴졌다.

다시 갑판으로 나오니 상갑판과 하갑판 해치(Hatch) 위에서 일하던 선원들이 "와아!" 하고 일제히 환호를 질렀다. 카펜터 부인과 로라 양은 싫지 않은 듯 나를 보고 웃었다. 선원들의 환호를 들으며 로라 양과 나란히 걷던 나는, 마치 내가 로라 양의 애인이라도 된 듯이 우쭐해졌다.

만약 내가 이 멋진 로라 양의 애인이라면 구름을 타고 두둥실 하늘을 떠다니는 기분일 것이다. 여기저기서 환호 소리가 들리는 중에 누가 등 뒤에서 내 이름을 크게 부르는 소리가 들려 뒤돌아 보았더니 상갑판에서 2갑원이 두 손을 가슴 앞으로 내밀더니 둥글게 그렸다. 나는 "아이쿠" 하고 2갑원의 그 행동이 들킬까 봐 얼른 고개를 돌렸다. 로라 양이 무슨 일이냐는 듯이 말없이 웃는 눈으로 물었다. 나는 "노, 노" 하고 아무것도 아니라는 듯이 얼버무렸다. 2갑원의 그 행동은 들키면 천박한 행동이지만 들키지 않으면 평범한 남자의 뇌 활동이다.

2갑원은 35세쯤 되었는데 어선을 타다가 상선을 늦게 타서 나이에 비해 직책이 낮다. 만나 본 적은 없지만 나와 같은 부산 동래에 산다. 얼굴은 거칠게 생겼지만, 술 파티가 벌어지고 〈울고 넘는 박달재〉라는 노래를 부를 때마다 눈물을 흘리는 마음이 여린 사람이다.

갑판에서는 조타수의 안내로 하역 작업할 때 마스트와 와이어로 연결된 붐을 움직이는 윈치 작동 방법을 자세히 설명해 주었다. 남자들의 세계에서 남자만이 하는 일이라서 여자는 별 관심도 없고 흥미가 없을 만한데 역시 로라 양은 이것저것 묻기도 하고 고개를 끄덕이기도 했다. 카펜터 부인과 로라 양이 흥미 없어 하면 어떡하나 했는데 로라 양의 배려심 깊은 (매너인지는 모르지만) 관심을 가져주어 다행이었다. 손님을 즐겁게 해줄 소재도 없고 내가 영어를 잘해서 대화를 이끌어 갈 수 있는 처지도 아닌 상황에서 관심을 가져주는 로라 양과 나를 찾아온 손님을 위해 성의껏 맞아 준 동료 선원들이 고마웠다.

늘 밝은 표정과 웃음을 머금고 있는 로라 양과는 달리 카펜터 부인은 시종 꼿꼿한 자세로 별 표정의 변화가 없었다. 카펜터 부인은 살짝 수심이 스친 듯 하얀 피부가 더욱 하얘 보여 얼굴이 약간 창백해 보였다. 풍요로운 호주 땅이지만 인간 세상 어디엔들 근심 걱정 없는 곳이 어디있으랴. 카펜터 부인은 나와 동행하다 가끔 나에게 말을 걸어왔다. 주로 케리의 근황에 대해 물어보았다. 그럴 때마다 나는 빠른 영어를 알아듣기 위해 온갖 촉각을 곤두세우고 귀를 기울였다. 로라 양이 나의 이런 긴장된 모습을 보고 눈치를 챘는지 어머니가 나에게 말을 걸 때마다 고개를 어머니에게 가까이 기울였다가 나에게 중학교 1학년 수준의 또록또록한 발음과 쉬운 단어로 다시 말해주었다. 내가 대답을 해주다가 하고 싶은 말을 표현하지 못하고 더듬거리면 로라 양이 미리 짐작해서 표현해주었다. 마치 영어 못하는 한국 사람을 잘 알고 있다는 듯이⋯. 나는 고개를 끄덕이고 마음이 편안해지면서 그러한 로라 양이 고마웠다.

  카펜터 부인과 로라 양의 방문이 끝나고 트랩의 계단을 내려가고 있다. 그런데 처음 눈부신 이 손님들을 어떻게 맞이해야 하나 하고 걱정했던 마음과는 달리 이제 세심한 배려심을 가진 로라 양의 유쾌한 모습과 시원한 얼굴. 항상 웃음을 잃지 않고 있는 눈을 보며 천사같은 마음씨를 가진 로라 양을 언제까지나 볼 수 있도록 이대로 세상의 시간이 멈추었으면 하고 몽상을 했다. 로라 양의 구김살 없는 얼굴을 보고 있으면 갈등, 고뇌, 번민. 이런 단어가 로라 양에겐 없는 것 같았다. 풍요로운 호주가 로라 양이고 로라 양이 풍요로운 호주 같았다. 트랩을 내려온 우리가 로라 양이 몰고 온 승용차 앞에 서자 로라 양이 "이름이 무엇이냐?"고 물었다.

"조"
"죠?"
"노. J.O. 조"라고 하자 로라 양이 승용차에 가서 종이와 펜을 가지고 와서 "JOE"라고 써서 나에게 보여주었다. 내가 "노우 죠(JOE), J.O. 조"라고 하자 로라 양은 다시 J.O.로 고쳐 썼다.

다시 작별의 악수를 나누고 로라 양은 우아한 치맛자락을 기어 레버에 걸리지 않도록 가지런히 정돈한 뒤 어머니와 함께 손을 흔들며 떠나갔다.

석 달 전 지난 항차 시드니를 출항하기 전에 케리가 배에 놀러 와서 양손으로 두 눈을 찢는 시늉을 하면서 "헤드세일러(1갑원) 어디 있느냐?"고 하며 1갑원을 찾았다. 케리는 1갑원의 단춧구멍 같은 작은 눈을 흉내 내었다.

그때 1갑원은 출항준비를 하기 위해 갑판에서 일하고 있었다. 케리는 토막 영어를 하는 한국 선원들과 어울리기를 좋아했다. 그런데 말은 별로 없었다. 늘 우울한 모습과 삶의 의미를 찾지 못하고 있는 허무주의자나 염세주의자가 아닐까 하는 생각이 들었다. 그래서 말없이 가만히 있는 그를 보고 '죽느냐 사느냐, 그것이 문제로다'라고 말하려다가 "인생은 짧고 예술은 길다"라고 말하고 케리의 얼굴을 쳐다보니 들은 척 만 척 아무 반응이 없었다.

얼마나 머쓱한지 영어도 못 하면서 고상한 척한 내가 미워 돌멩이로 내 주둥이를 쳐 주고 싶었다. 무슨 생각하는지 궁금할 정도로 한참 동안 말이 없던 케리가 나를 보고 "다음은 어디로 가느냐?"고 물었다. "브리즈번으로 간다"라고 했더니 "브리즈번에 내 여자친구가 있는데 소개해줄까?"라고 했다. 뜻밖이었고 나는 잘 못 들었는가 싶었다. 나는 속으로 '늘 우울한 표정을 짓고 있는 니가 무슨 여자친구가 있나? 진짜 있기는 있나?'라는 생각을 하며 건성으로 고개를 끄덕였다. 그랬더니 케리가 종이에 "카펜터 부인. 로라 양"이라고 적어 나에게 보여주었다. 나는 별 생각 없이 받아 보고는 곧바로 까맣게 잊어버렸다.

그 후 브리즈번에 도착하자 눈부신 두 여인이 나를 찾아와서 얼마나 당황했는지 모른다. 나를 찾아올 것이라고 생각도 못 했다. 내가 언제 저렇게 멋진 숙녀를 만나 보았나, 만나 본 적도 없고 숙녀를 만나 매너 있는 행동을 하는 것이 나에겐 어울리지 않는다. 카펜터 부인과 로라 양을 만나고 난 뒤 '로라 양처럼 쾌활하고 좋은 여자친구를 두고 왜 저렇게 우울한 모습으로 살고 있나. 로라 양과 데이트하면 시간가는 줄 모를텐데' 하고 궁금했기 때문에 이번에 시드니에서 케리를 만났을 때 내가 먼저 카펜터 부인과 로라 양을 만났던 이야기를 했다.

"카펜터 부인과 너의 여자친구 로라 양이 정말 좋은 사람이더라"라고 했더니 "노, 노" 하고 고개를 가로 저으며 강하게 부인했다. 나는 '어, 이상하다. 그 좋은 로라 양이 친구가 아니라니 분명히 여자친구라고 했는데 로라 양이 싫어하나? 그럼 케리 혼자 좋아하나? 아니면 둘 다 연정 없는 이성 친구인가?' 케리의 뜻밖의 행동이 무엇을 말하는지 아리송했다.

서양 사람들은 연정 없는 이성 친구가 될 수 있다고 들었지만 한국 사람의 남녀관계는 애인 아니면 남이다. 로라 양의 밝은 모습을 떠올리며 그 좋은 여자가 케리의 애인이 아니라니 참으로 아쉬웠다. 그러나저러나 풍습이 다른 서양 문화와 더군다나 예민한 남녀관계 같은 미묘한 대화를 내가 영어로 말할 수준도 아니고 해서 궁금했지만 더 이상 묻지 않았다.

케리가 뉴질랜드에서 이주해왔다고 했는데 뉴질랜드에 살 때 이웃이었는지 경황이 없어 물어보지는 못했는데 이제 생각이 났다. 석 달 전 카펜터 부인과 로라 양을 만났던 그 자리에서 부두를 내려다보며 로라 양의 세심한 배려심과 밝고 시원한 얼굴이 떠올랐다.

만약 내가 로라 양을 보고 "좋아한다"라고 말하면 로라 양은 "Oh, really?" 하고 환하게 웃을 것 같았다. 위선이지만 그리워하는 마음 없이 로라 양이 보고 싶었다. 로라 양을 한 번 더 볼 수 있었으면…. 만나보고 싶지만 만나자고 할 용기가 없다.

'내가 영어를 능숙하게 잘했으면…. 내가 좀 잘 생겼으면…' 하는 마음뿐이지, 여자를 그리워한다는 것은 꿈도 꾸지 않는다. 그리움으로 변하기 전에 마음의 경계를 하고 스쳐 보낸다. 로라 양의 얼굴을 떠올리며 광활한 브리즈번 항구의 허공을 처다볼 뿐이다.

브리즈번에 여러 번 왔지만 아직까지 한 번도 시내에는 가보지 못했다. 인도양 쪽에 있는 '퍼스'에는 가보지 못했지만 내가 가본 호주의 모든 항구도시는 걸어서 시내를 외출할 수 있었다. 브리즈번은 시내가 어디 있는지 광활한 벌판이라 부두 시설 외에는 아예 아무것도 보이지 않았다.

배가 입항하면 시멘스 클럽(Sea Men's Club)에서 제공해주는 승합차를 타고 시멘스 클럽에서 당구를 치거나 술을 마시고 돌아온다. 노선버스도 없는 것 같았다.

입항한 날이 토요일이라 일찍 일과를 마치고 나는 조기수 한 명과 아직 한 번도 가보지 못한 브리즈번 시내를 구경하기 위해 부두를 빠져나와 히치하이크를 하러 도로에 나왔다. 넓은 벌판에 나 있는 도로라 차들이 드물기도 하고 전속력으로 달리니 손들기가 미안했다.

아무것도 보이지 않는 벌판에서 무작정 걸을 수가 없어 마음먹고 멀리서 달려오고 있는 차를 향해 손을 흔들었다. 얼마나 세게 달렸는지 우리를 발견하고 차를 세웠는데 한참 지나서 차가 섰다. 미안한 마음으로 차에 가니 여자였다. '시내에 가려고 하니 태워줄 수 있느냐'고 물었다. 허락을 받고 조기수를 뒷 좌석에 타라 하고 내가 앞문을 열었다가 "헉!" 하고 놀라고 미안했다.

여자 드라이버는 내가 당황한 표정을 짓자 오히려 왜 그러나 하다가 이내 알아차리고 깔고 앉았던 치맛자락을 끌어올려 노출된 몸을 가렸다. 혼자만의 공간을 가지고 드라이브하고 있는데 난데없이 침입자가 나타난 것 같아 너무 미안했다. 영화나 잡지를 통해 노출이 많은 서양 여자들에 대해 나름대로 익숙해 있지만, 차 문을 여는 순간 허벅지가 아닌 엉덩이까지 다 보이니 나도 놀랄 수밖에 없었다. 조금 후에 신체 건장한 남자가 오토바이를 타고 옆으로 오더니 차창으로 대화를 나누고는 오토바이는 쏜살같이 앞질러 가버렸다. 여자의 얼굴과 어깨가 발갛게 익은 것을 보니 남자친구와 바닷가에서 놀다오는 모양이었다.

브리즈번이 얼마나 큰지 한참을 달려도 시내가 나타나지 않았다. 미안하고 서먹한 분위기를 바꿔 보려고 내가 "지금 한국에는 겨울이고 아마 지금쯤 눈이 오고 있을지 모른다"라고 했더니 "스노우(Snow)가 무엇이냐?"고 했다. 다시 한 번 더 "스노우"라고 해도 또 다시 "스노우가 무엇이냐?"라고 했다. "하늘에서 내려오는 얼음가루"라고 했더니 "오우 스노우" 하고 웃으며 고개를 끄덕거렸다.

영어를 사용하는 나라에서 Snow(눈)를 못 알아들으니 얼마나 당황스러운지 내가 발음이 나쁜지 브리즈번에는 눈이 오지 않아 "Snow"라는 단어를 잊고 살았는지 모르겠다.

차에서 내려보니 시내 한복판이었다. 무더운 한낮이라 행인
도 별로 없고 거리는 한산했다. 한 바퀴 둘러보니 깨끗한 거
리와 세련된 현대식 고층빌딩들이 즐비한 광경을 보고 날씨
도 덥고 해서 더 이상 시내 구경을 하고 싶은 마음이 없어서
근처에 보이는 술집에 들어가 맥주 한잔하고 택시를 타고 돌
아왔다. 저녁에 시멘스 클럽에 갔더니 평소 때보다 사람이 적
고 썰렁했다.

석 달 전 지난 항차의 낮에 카펜터 부인과 로라 양을 만나고
저녁에 시멘스 클럽에 왔을 때는 평소보다 사람들이 많이 붐
비고 무슨 행사가 있는지 여느 때와는 달리 무대장치를 하느
라고 부산했다. 얼마 뒤 3갑원과 같이 앉아 맥주를 마시고 있
는데 음악 소리가 크게 들려 고개를 돌려 무대를 힐끗 보았
다. 가운데 키가 큰 아가씨와 양쪽에 나이가 어려 보이는 두
아가씨가 셋이서 함께 춤을 추고 있었다. 나는 별 관심이 없
어 보지 않았다.

한참 뒤 음악 소리가 끊기고 나서 조금 뒤 새로온 4갑원이
내게 "형, 저 여자가 한국에 있는 병원에 간다고 하네요"라고
말하면서 여자가 있는 쪽을 가리켰다. 고개를 돌려보니 아까
무대 위에서 춤출 때 가운데 있던 키 큰 아가씨였다. 1갑원과
이야기를 하고 있었는데 후덕한 얼굴의 좋은 인상이었다. 한

국에 간다고 하니 무슨 일로 가는지 호기심이 생겨 말을 걸어
보고 싶었지만, 멋쟁이인 1갑 원과 이야기를 하고 있어서 두
사람이 대화하는 데 방해가 될지도 모르고 여자 한 사람 두고
여러 남자가 가까이 가면 가치가 떨어질까봐 가지 않았다.

맥주를 마시면서도 아무래도 후덕한 인상과 한국에 간다는
말에 자꾸 호기심이 생겨 다시 고개를 돌려보니 소파에 아가
씨 혼자 앉아있었다. "때는 이때다" 하고 내가 다가갔다.

"한국 어디에 가느냐?"
"강릉에."
"병원에 가느냐?"
"병원이 아니고 진료원(No hospital, clinic)이고 3년 동안 머물
것이다"라고 답했다.

아가씨가 입고 입는 옷을 보니 낮에 카펜터 부인과 로라 양
이 입고 있었던 옷과 비슷했는데 지금 이 아가씨는 이두박근
까지만 오는 짧은 소매에 레이스가 달려있었다.
이 아가씨의 몸매가 통통하기 때문에 소매가 길면 우둔하게
보였을 것이다. 아가씨의 인상이 좋고 더 이야기하고 싶었지
만, 짧은 영어에 마땅히 물어볼 말이 생각나지 않았고 서먹해
지기 전에 아쉬워하며 일어섰다.

그러다가 한 소년과 이야기를 하다가 소년이 한국으로 가는 여자가 자기의 누나라고 했다. 소년은 나의 토막영어를 참을성 있게 잘 들어주어 친근감이 갔다. 소년의 키는 나와 비슷한데 나이는 16세 혹은 17세로 보였다.

이제 브리즈번의 시멘스 클럽에 다시 온 지 석 달이 넘은 것 같다. 이곳에 여러 번 왔지만 오늘처럼 썰렁한 분위기는 처음이다. 보이는 사람들은 시멘스 클럽에 종사하는 사람과 동료 선원들밖에 없고 모두 당구를 치고 있었다. 오늘따라 올 때마다 보이던 백인 남자와 부부로 보이던 에보리진 여인도, 백인 남편도 보이지 않았다.

처음 아이를 데리고 있는 에보리진 여인이 백인 남자와 부부인 줄은 몰랐다. 어느 날 백인 남자가 아이에게 꾸지람을 주고 있는데 에보리진 여인도 거들었다. 그 모습은 다름 아닌 부모가 자식에게 잘못을 꾸짖고 있는 모습이었다. 백인 남자와 에보리진 여인 모두 큰 키에 날씬한 몸매였다. 내가 두 사람이 부부라고 빨리 눈치채지 못한 것은 아이들이 혼혈의 모습이 아니고 피부색이나 얼굴이 완전한 에보리진의 모습이라서 미처 생각하지 못했다. 그러나 나 혼자만의 생각이고, 직접 물어보고 확인한 사실은 아니다. 검은 피부의 유전인자가 강해서인지 아비쟝에서 만난 흑인 여자와 결혼한 한국인의 아이들도 완전한 흑인의 모습이었다. 아이들이 성장하면서 혼혈의 모습이 나타날지는 모르겠다.

맥주를 한잔하고 나서 아무래도 썰렁하고 심심해서 지난 항차에서 만났던, 한국으로 간다고 했던 여자의 남동생이 생각났다. 시멘스 클럽에서 일하는 사람에게 "한국으로 간다고 했던 여자의 남동생이 여기에 오지 않느냐?"고 물어보았다. 나의 말을 겨우 알아들은 그 사람은 어디론가 전화를 걸더니 내일 오후 6시까지 (정확한 시간이 아님) 여기에 다시 오라고 했다.

다음날 시멘스 클럽에 가니 소년은 오지 않았고 어제 그 사람이 나를 승합차에 태웠다. 처음에는 어디로 가는지 몰라 어리둥절했으나 곧 "아차 이거 내가 전혀 의도치 않았던 일인데" 하면서 거절할 수도 없고 차는 이미 소년의 집으로 향하고 있었다. 내가 서양 사람의 집에 가다니 내가 서양인 가족과 대화를 할 수 있는 영어 실력이 아니므로 가슴이 두 근 반세 근 반 뛰고 난감했다. 그러나 어찌하랴!

브리즈번이 어찌나 넓은지 가는 길이 무척 멀었다. 한참을 달려 도착하니 해가 긴 여름인데도 어스름이 살짝 내려앉아 있었다.

마당에는 소년과 소년의 가족이 모두 나와 나를 기다리고 있었다. 예상치 못한 상황에 가슴이 벅찼지만 돌이킬 수 없는 상황이라서 그런지 침착해졌다. 소년의 부모와 차례대로 악수했다. 어찌된 영문인지 모르지만 소년의 부모는 나를 따뜻하게 맞아 주었다. 소년은 나를 데리고 뒷마당과 창고 등 집안의 여러 곳을 구경시켜주었다. 뒷마당에는 연못이었는지 물이 없는 큰 웅덩이가 있었다. 집안을 구경하면서 소년은 상급학교에 진학하기 위해 열심히 공부하고 있다고 했다. 소년이 나를 데리고 집안을 구경시켜주는 동안 주위가 금방 어두워졌다.

거실로 들어가니 가족들이 모두 모여 있었다. 거실로 들어가자마자 앉기도 전에 소년의 아버지가 "한국에 가면 헬레나를 만나볼 수 있느냐?"고 물었다. 서먹한 분위기를 느끼기도 전에 기분 좋은 환영의 말이라고 느끼면서도 침착한 게 아니라 얼떨떨해서 천천히 대답했다. 나의 대답을 들은 소년의 아버지는 나의 팔뚝을 치면서 아주 좋아했다.

"아! 그 아가씨 이름이 헬레나구나" 하면서 영어를 못하는 걱정 때문에 나는 더욱 마음을 졸였다. 자리에 앉아 가족들의 얼굴을 보니 어려 보이는 두 여동생은 석 달 전 시멘스 클럽에서 음악 소리에 힐끗 쳐다보았을 때 헬레나와 함께 무대 위에서 춤을 추던 어린 소녀들이었다. 거실에 앉아 이야기를 하는데 솔직히 아버지와 어머니의 빠른 영어를 알아들을 수 없었다. 바짝 긴장한 상태로 그들의 이야기를 듣고 대답해주기 위해 아는 단어를 찾아내려 온갖 촉각을 곤두세우고 귀를 기울였다. 알아듣지도 못하면서 분위기를 망치지 않으려고 미묘한 표정을 지으며 고개를 끄덕였다. 거짓 행동은 하기 싫은데 어쩔 수 없었다.

좀 멀리 떨어진 입구 쪽에 앉아서 하는 어머니의 말을 알아듣지는 못하지만 매우 진지하고 겸손한 표정이어서 무슨 말을 하는지 알고 싶은 마음이 간절했다. 헬레나의 어머니가 나를 향해 많은 말을 했는데 말이 너무 빨라 솔직히 알아듣지 못했다. (희미한 기억이지만 뜨개질을 하고 있었다고 생각된다) 겉으로는 침착한 표정을 짓고 있었지만 속으로는 가슴이 바싹바싹 타들어 갔다. 빨리 이 상황을 모면하고 싶었고 아버지와 어머니의 빠른 영어를 듣고 있는 동안 카펜터 부인의 말을 듣고 다시 내게 쉬운 말로 천천히 말해주던 배려심 깊은 로라 양 생각이 간절히 났다.

그러다가 헬레나의 아버지가 팜플렛을 가지고 와서 한 장 한 장 넘기며 팜플렛에 있는 그림을 보고 "이것을 아느냐?"고 물었고 나는 책장을 넘길 때마다 계속 "모른다"라고 대답했다. 모르는 것은 모르는 것이고 분위기가 썰렁해지지 않기 위해 내가 아는 그림이 나왔으면 했지만 나오지 않았다. 내가 호주에 대해 아는 것은 한반도 길이의 두 배가 된다는 대보초(Great Barrier Reef)와 울룰루의 붉은 바위와 수도가 시드니 아니라 내륙지방의 캔버라라는 것 정도는 알고 있었다. 계속 책장을 넘기는 중에 헬레나의 아버지가 하얀 건물이 나오는 그림을 가리키면서 "이것을 아느냐?"라고 물었다. 나는 "모른다"고 말하려다가 그림 밑에 〈Parliament〉라는 단어를 보고 "안다"고 했다. 헬레나의 아버지는 진짜 아느냐고 물었고, 나는 몰랐지만 아는 듯이 고개를 끄덕였다. 헬레나의 아버지는 '알리 없는데' 하는 표정으로 고개를 갸우뚱했다. 나는 저 그림이 브리즈번 시의회의 그림이든지 아니면 캔버라에 있는 국회의사당 건물일 것이라고 짐작했다. 모르면서 안다고 하는 것은 내가 물 위를 걸을 수 있다고 허풍 치는 것만큼 싫어했지만 지금 이 자리에서 모르는 것이 너무 많으면 분위기가 썰렁해질 것 같아 모르면서 안다고 딱 잡아뗐다.

나는 나의 거짓말을 덮기 위해 고등학교 때 지리 시간에 타스마니아에 관해 이야기해주시던 선생님에게 들은 말을 했다. "타스마니아의 마지막 원주민이 30년 전에 죽었다. 학교에서 들었다"라고 하자 순간 가족들은 서로를 쳐다보며 짧은 정적이 흘렀다. 가족들은 나의 한국식 어법의 영어를 알아들은 것 같았다. 짧은 정적을 깨고 헬레나의 아버지가 나를 보고 "어느 부서에서 일하느냐? 직위가 무엇이냐?"고 물었다. "기관실에서 일하며 나는 청소부다"라고 말하자 또다시 서로를 쳐다보며 짧은 정적이 흘렀다.

  나는 선원수첩에 기재된 직책 1기원(No.1 Wiper)이라는 직책을 청소부라고 해석한다. 잠깐 정적이 흐르던 중에 갑자기 헬레나의 아버지가 넓은 등으로 나를 가리고 앞에 앉아 있는 누군가를 향해 억제된 음성으로 강한 압박을 하는 행동을 했다. 나는 갑자기 왜 이러나 싶어 당황했다. 나는 '나와 관련 없는 잠시 지나가는 행동이겠지' 했는데 헬레나 아버지의 그 행동이 긴장해 있는 나에겐 제법 길게 느껴졌다. 무슨 영문인지 몰라 잠시 생각해 보았으나 도무지 알 수가 없었다. 내가 무슨 실례되는 행동을 했나? 그런 것 같지도 않은데 헬레나 아버지의 행동이 나를 난처하게 했다. '나는 당신들에게 원하는 것도 없고 귀찮게 하고 싶지도 않습니다. 나는 헬레나에게 좋은 인상을 느꼈지만 욕심을 낼 처지도 못 됩니다. 나에 대해서 아무런 의심이나 경계를 하지 말아주십시오'라고 마음속으로 말했다. 헬레나의 가족이 나를 초대해서 호의를 베푸는 것은 고맙지만, 헬레나의 가족이 나에 대해서 모르고 오해하고 있다는 생각에 앉아 있는 내내 마음이 불편했다.

헬레나의 아버지가 내게 "직위가 무엇이냐?"고 물었을 때 "나는 청소부다"라고 말하고 나니 내 마음이 홀가분해진 것은 아니지만 한시름 놓은 것 같았다. 헬레나의 가족이 나의 직위에 실망하여 갑자기 호의를 거둔다거나 안색이 변해도 나는 조금도 섭섭해하지 않는다. 이런 상황은 처음부터 내가 바라지도 않았고 생각해 본 적이 없었기 때문이다. 혹시라도 헬레나와 나를 연관지어 나를 초대했다면 사람을 잘못 짚었으니 조금도 미안해하지 말라고 위로해주고 싶었다. 나의 토막영어 때문에 상대방이 잘못 판단할 수 있는 소지를 제공했을 수도 있기 때문이다.

헬레나의 아버지가 내 앞에서 비켜서자 아버지의 그 행동이 무엇 때문이었는지는 모르지만 나는 얼른 어색한 분위기를 바꾸고 싶었다. 나를 의심하거나 경계를 하지 말아 달라고 나는 이 세상에서 가장 선량하고 바보같은 표정을 지었다. 아주 잠깐 어색한 분위기가 지나가고 지금까지 말없이 나를 가만히 지켜보던 헬레나의 예쁜 여동생이 상냥한 웃음을 지으며 아버지의 말을 보충해서 내게 말을 건넸다. 무슨 영문인지 모르고 어리둥절했다가 여동생의 상냥한 표정을 보니 오히려 조금 전보다 나를 대하는 가족들의 분위기가 더 좋아진 것 같아 다행이라 생각했다. 하지만 나는 '이게 아닌데…' 하고 좋아진 분위기가 오히려 부담스러웠다. 나의 속마음은 헬레나의 가족이 나에 대해 실망하고 없었던 일처럼 하고 헤어지고 싶었다. 헬레나의 가족은 네덜란드에서 이민왔다고 했다. 내가 모를까봐 '홀랜드, 더치(Holland, Dutch)'라고도 했다. '더치 페이(Dutch Pay)는 네덜란드에서 유래되었다'라는 말이 생각 났다.

헤어질 시간이 되어 일어서 거실을 나오기 전에 헬레나의 아버지가 다시 한번 더 "한국에 가면 헬레나를 만나 볼 수 있느냐?"고 물었다. 나의 대답을 들은 헬레나의 아버지는 나의 어깨를 다독이며 처음보다 더욱더 좋아하며 아주 만족해 했다. 그때 상냥한 웃음을 지으며 나를 쳐다보던 헬레나의 예쁜 여동생이 작은 종이에 작고 예쁜 글씨로 '프레데릭(Prederick) 헬레나'라고 적은 뒤 나에게 건네주며 상냥하게 웃는 얼굴이 얼마나 밝고 예쁜지 '나는 헬레나의 예쁜 여동생이 내가 언니와 만나는 것을 기쁘게 생각하는구나'라고 생각했다.

나를 태워다 준 시멘스 클럽 사람이 떠날 시간을 알려주려고 거실에 들어왔다가 함께 마당으로 나왔다. 아버지, 어머니, 남동생, 막내 여동생, 차례대로 악수하고 마지막에 헬레나의 예쁜 여동생이 조금 떨어져 팔짱을 끼고 서 있었다. 내가 악수를 청하려고 손을 내밀자 무엇에 놀란 것처럼 흠칫하더니 나를 아래위로 훑어보았다가 악수를 하고 다시 팔짱을 끼며 혼잣말을 했다.

그 말은 내가 알아들을 수 없었지만 아주 단호했다. '이상하다' 하며 돌아서 한 발짝 걸으며 아무래도 여동생의 이상한 행동과 혼자 무슨 말을 했는지? 궁금해서 순간 곰곰이 생각해 보았지만 크게 말해도 잘 알아듣지 못하는 영어를 혼잣말을 들었으니 더더욱 알 수가 없었다. 헬레나의 여동생이 왜 저러나 이상한데 내가 숙녀에게 먼저 악수를 청해서 실례가 되었나? 하지만 어린 여동생인데 실례가 된다고 생각되지는 않았다. 여동생의 행동이 이상했지만 영어를 못해서 긴장했다가 집을 나오자 곧 긴장이 풀려서 까맣게 잊어버렸다.

'오늘 저녁에 초대해 주셔서 감사하고 즐거운 대화 나누었습니다'라고 내가 아무리 영어를 못해도 가지고 있는 영어 회화책의 Lesson. 1 Greeting(제1과. 인사)을 수십 번 읽어보았기에 이별의 인사 정도는 할 수 있었지만 사교성이 없고 정식으로 영어를 하려니 낯간지러워서 입 밖으로 나오지 않았다. 그저 표정으로 눈을 마주치며 서양식으로 인사하고 헤어졌다.

시멘스 클럽 사람의 승합차를 타고 배로 돌아가는 길이다. 헬레나의 아버지가 넘기는 팜플렛에 나오는 하얀 그림의 아래쪽에 〈Parliament〉라는 단어를 보고 순간적으로 거짓말을 한 것은 내가 고등학교 다닐 때 영어선생님이 권해준 영어참고서 구문론(Syntax)에 'Member of Parliament(하원의원)'이라는 어휘가 생각났기 때문이다. 그 책 구문론에는 서양 문필가들의 명언이나 진리가 예문으로 많이 수록되어 있었다.

'정직이 최선의 정책이다', '용감한 자가 미인을 얻는다' 그리고 셰익스피어의 '모든 남자는 거짓말쟁이다'라는 글들이 있었다. 나는 거짓말을 감당할 수 없으니 정직한 척할 수밖에 없고 살면서 여러 거짓말을 했지만 내가 거짓말쟁이인지 아닌지는 좀 더 살아봐야 알겠고 용감한 자가 미인을 얻는다고 했는데 나같이 못생긴 돌대가리가 용감했다가 무슨 개망신을 당할지 모른다. 나는 여자에게 퇴짜 당하는 것을 두려워하는 것이 아니라 퇴짜 자체를 거부한다. 내 일생에는 절대 예쁜 여자, 아니 여자에게 먼저 다가가지 않는다. 못생긴 내가 지켜야 할 것은 오직 자존감뿐이다. 그리고 서양 문필가들의 글 중에는 운명을 길게 설명한 문장이 있었는데 요약하면 '운명이란 자기가 잦은 실로 자기가 짠 그물이다'라고 했는데 '성격이 운명을 만든다'라고 하는 말과 같다고 생각했다.

나는 어릴 때부터 못생겼다고 구박을 많이 받아서 사교성이 없다. 일가친척 어른들을 만나면 싱긋이 웃으며 고개를 한 번 꾸벅하고 인사를 하면 "응 공부 잘하제?" 한다. 공부도 지독하게 못 했으므로 그 말이 가슴을 더 콕 찌른다. 중학교 1학년 때 영어 선생이 나를 지목해서 질문했다. 내가 대답을 못하자 "지지리도 못생긴 놈, 점마 저거 코 질질 흘리는 놈 아이가?" 라고 하자 아이들이 "와하하하" 하고 웃었다. 못생긴 것은 맞지만 코 흘리는 아이는 내가 아니라고 말하고 싶었지만 아무 말도 못 하고 모욕감에 고개를 숙이고 분통만 삼켰다. 그 영어 선생은 날개를 펼친 것처럼 광대뼈가 툭 튀어 나오고 나처럼 찌뿌둥한 눈에 납작코였다. 아무리 봐도 나보다 더 못생겼다. 못생긴 놈이 못생긴 사람을 더 차별했다. 그 인간의 얼굴을 지금도 생생히 기억하고 있다.

엎친 데 덮친 격으로 얼마 뒤에 동급생인 동래여중 2학년 향숙이라는 여학생이 우리 집에 이사를 왔다. 우연히도 고향이 같은 울산 정자였다. 그래서 늘 향숙이를 의식하고 있어서인지 나도 모르게 그동안 안 쓰던 울산말 억양으로 변해가고 있었다. 고등학교 3학년 때 가까운 이웃으로 이사 갈 때까지 5년 동안 같은 집에 살았지만 향숙이가 내게 "엄마가 찾더라" 하면 내가 "응" 하고 내가 향숙이에게 "엄마가 찾더라" 하면 향숙이가 "응"이라고 하는 단답형 대화 두 번 정도 밖에 없었다.

내가 군대에서 휴가 나왔을 때 골목에서 마주쳤지만 향숙이는 나를 보자 고개를 숙여버렸다. 나는 향숙이의 그러한 행동이 당연하다고 생각하고 조금도 기분 나쁘지 않았다. 향숙이는 중·고등학교 때 문틈으로 몰래 훔쳐보던 백도같이 뽀얀 얼굴이 아니라 성숙한 여인이 되어있었다.

그러한 내가 지난 항차에는 눈부신 모습의 카펜터 부인과 로라 양을 만났고 또 이번에는 뜻하지 않게 영어도 못 하면서 헬레나 양의 집을 방문했으니 얼마나 가슴 졸이고 긴장했는지 지금 벌어진 일들이 실감도 안 나고 현실 같지 않아서 가슴이 벙벙하다. 혹시 허망한 꿈일지도 모르니 허풍떨기 싫어서 배에 돌아와서 아무에게도 이야기하지 않았다.

13. 일본으로 가는 항해 중에서

조미미의 〈아주까리 등불〉을 듣고
세상을 다 잃은 듯한 알 수 없는 슬픔에 빠지다

일본으로 가는 항해 중이다. 일 년 기한이 다 되어서 일본에
도착하면 귀국한다. 내가 헬레나의 집에 초대받을 것이라고
꿈에도 생각해 본 적이 없고 초대받은 사실이 현실 같지 않았
다. 뜻밖에 헬레나 가족이 나를 환대하는 것을 보니, 혹시 3개
월 전 헬레나가 나를 만나 본 인상을 가족들에게 이야기했을
까? 아니면 남동생이 했을까? 헬레나 어머니의 겸손하면서도
진지한 표정이 생각났고 마지막에 헬레나의 여동생이 헬레나
의 이름을 적은 작은 쪽지를 나에게 건네주며 나를 빤히 쳐다
보고 밝게 웃던 예쁜 얼굴이 인상에 남았다. 헬레나 가족들이
나를 대하는 호의적인 분위기를 보면 내가 아무리 눈치가 없
고 숙맥이라 해도, 아무래도 인사치레로 만나 보라고 하는 것
은 아닌 것 같았다.

브리즈번으로 띄우는 편지

헬레나의 가족이 내 겉을 잘못 알고 있는 것보다 나의 내면 세계를 모른다는 사실이다. 무엇보다 나의 무능을 타인에게 들키는 게 싫었다. 나는 늘 나이 많으신 어머니가 돌아가시면 몸이 아픈 누나와 평생 같이 살기로 마음먹고 있다.

저녁에 잠이 들기 전 헬레나의 모습을 떠올려보면 이상하게도 좋은 인상을 가지고 있는데 가슴에 들어오지 않았다. 나처럼 소심해서 여자에게 다가가지 못하는 사람에게 부모와 동생들이 호감을 느끼고 있으니 얼마나 좋은 기회일까? 혹시 헛된 공상일지는 모르지만, 헬레나도 가족들의 환대처럼 나에게 호감을 느끼고 있고 내가 만나러 오길 기다리고 있을까? 헬레나가 호감을 느끼고 있지 않다면 세상 어느 여자가 부모의 말을 듣고 잘 모르는 남자를 좋아할 리 없다. 다만 잠깐이지만 헬레나가 시멘스 클럽에서 나를 보았고 짧은 대화를 나누었다는 사실이 위로되었다. 나를 환대해주던 헬레나의 가족을 떠올리며 푸근한 인상의 헬레나를 만나 보면 달라질지 모른다. 처음 시멘스 클럽에서 헬레나를 보고 좋은 인상을 받았지만 언제나 누구에게나 하는 버릇처럼 허망한 그리움이 담길까 봐 마음의 경계를 하고 우연히 스쳐 지나간 장면처럼 까맣게 잊고 있었다.

언젠가 엘비스 프레슬리가 죽었을 때 TV엔 날마다 그를 추모하는 공연이 나왔었는데 TV를 보고 있던 누나는 그가 한국 사람을 닮았다고 했다. 누나는 서양 사람을 가까이서 본 적이 있는데 '귀신 같이 생겼더라'고 했다. 어디 엘비스 프레슬리가 한국 사람을 닮았는가 노란머리에 얼굴의 굴곡이 심한 서양 사람을 보다가 검은 머리카락에 비교적 얼굴의 굴곡이 덜한 엘비스 프레슬리의 모습을 보고 하는 말이었다. 헬레나의 모습을 보고 신기해할 어머니와 누나를 상상하며 어린아이 같은 영혼을 지닌 누나와 언제까지나 같이 살고 싶었다.

일과를 마치고 갑판으로 나갔더니 3등항해사가 나를 기다리고 있었다.

"뭐 했어요? 일과 마치면 빨리 안 나오고?"

"아 노래 한 곡 듣고 나온다고."

"무슨 노래인데요?"

"아바 노래요."

"아바가 누구요?"

"아니? 아바를 모른단 말이요? 허 참. 아직까지 아바를 모르다니?

"모르는데요."

라고 답했다.

세상을 떠들썩하게 하는 아바(Abba)를 모른다는 말에 나는 아바의 좋은 노래를 들려주고 싶어서 "잠깐 내가 방에 가서 아바의 테이프를 가져올 테니 한 번 들어보소. 억수로 좋심더"라고 했다. 그랬더니 3등항해사가 "내한테도 좋은 팝송 노래가 있으니 가져오지요"라고 하면서 3등항해사도 자기 방으로 갔다. 나는 아바의 노래를 모두 좋아했기 때문에 여러 개의 테이프 중에 겹치는 노래가 많아 두어개 쯤은 줘도 되었었다.

3등항해사가 가져온 테이프는 코니 프랜시스(Connie Francis)의 〈Where is boys are〉가 들어있는 테이프였다. 옛날 팝송이라 들어본 지가 오래된 노래인데 내가 한국의 '이미자'라고 생각하는 미국의 여자 팝송 가수의 노래였다. 3등항해사는 아바의 노래를 들어보고 하모니가 좋다고 했다.

이번에 출국할 때는 그동안 가지고 다니던 흘러간 옛 노래와 허스키한 목소리로 남자의 애끓는 마음을 토해내어 모든 한국 남자들이 좋아하는 배호의 노래와 이미자, 남일해, 문주란 노래 그리고 다른 팝송테이프와 함께 슬프고 우울해지기 싫어서 그것들을 모두 집에 두고 왔다. 이번에 출국할 때는 비틀즈(Beatles)의 노래와 아바(Abba), 비지스(Beegees), 실버컨벤션(Silver Convention)의 노래만 가져왔다. 비틀즈의 노래 〈Let It Be〉의 중간중간에 들어가는 기타 반주를 들으면 무아지경에 빠지는 것 같고 비지스의 〈How long is your love〉는 몽환 속에서 헤메는 것 같고 실버컨벤션의 〈Fly Robin Fly〉는 영혼을 휘감고 도는 것 같고 아바의 노래는 마치 천국을 걷는 것 같았다. 음악은 인간세계와 영의 세계를 이어주는 영매 같았다.

3등항해사와 헤어져 방에 들어오니 안 보던 테이프 하나가 침대 위에 있었다. 분명 내가 가지고 온 테이프가 아닌데 누가 갖다 놓았나 하고 보니 조미미의 〈단골손님〉, 〈바다가 육지라면〉, 그리고 〈아주까리 등불〉 등 조미미의 노래와 리바이블한 흘러간 옛 노래가 함께 들어 있었다. 모두 내가 좋아하는 노래이고 〈아주까리 등불〉은 특히 좋아하는 노래인데 들어본 지가 오래 되었다. 그런데 조미미가 부르는 〈아주까리 등불〉을 들을 때마다 가슴 속에서 찌르르하고 눈물을 흘렀다. 이런 걸 느끼기 싫어서 한국가요는 모두 집에 두고 왔다. 이상했다. 평소에 한국가요를 듣고 슬프긴 해도 이렇게 가슴 속에서 눈물이 흐를 정도로 슬픈 적이 없었는데 '왜 이러나' 하고 또 들어봐도 허탈한 슬픔이 밀려왔다. 세상을 다 잃은 것처럼 침대 벽에 기대어 원인도 모른 채 넋이 나간 사람처럼 멍한 상태가 되었다. 그런데 슬퍼서 듣고 싶지 않은데 또 듣게 되었다.

14. 일본에서

빠른 역사의 반복을 보다

일본에 도착했다. 배가 부두에 접안을 마치고 식당에 올라왔다가 TV를 보고 박정희 대통령이 죽었다는 소식만큼이나 충격적인 소식을 들었다. TV에는 한국에 관한 뉴스를 하고 있었는데 "젠토캉 젠토캉" 하는 아나운서의 말과 함께 화면 아래 자막을 보니 전두환 소장(全斗煥 少將)이라는 중국글자가 보였다. 화면에는 육군 장성 정복을 입은 전두환 소장의 커다란 얼굴과 함께 대학생들과 경찰이 쫓고 쫓기는 시위현장이 겹쳐져 비치고 있었다. 옆에 서 있던 일본말을 할 줄 아는 나이 많은 선원이 일본 아나운서의 말을 듣고 전두환 소장이 한국을 이스라엘과 같은 나라로 만들 것이라고 했다. TV를 보던 나는 전두환 소장의 얼굴 위에 이스라엘의 전쟁영웅 '모세 다얀' 장군의 애꾸눈 얼굴이 겹쳐졌다.

'아니 벌써 국가운영의 포부를 밝히는 것을 보니 권력장악이 끝났나?'라고 생각하면서 반독재 민주화를 외치던 야당 지도자들은 다 어디로 갔나, 서로 먼저 대통령이 되려고 합종연횡, 이합집산, 온갖 지략을 펼치며 온 힘을 기울이고 있을 줄 알았는데 전두환 소장이 도대체 누굴까? 박정희대통령이 군사정변을 일으킬 때 계급이 육군소장이었는데, 어쩌면 이렇게 똑같을까? 내가 고등학교 때 교실에서 본 주간시사잡지 표지 전면에 그려진 육간장성정복을 입은 박정희장군의 얼굴이 전두환소장의 얼굴과 함께 나란히 떠올랐다. 상황이 어떻게 돌아가고 있는지 한국에 도착하면 알게 되겠지만 갑자기 육군소장이 권력을 장악했다고 하니 불길한 예감이 들었다. 쿠데타가 일어나고 벌써 성공했다는 말인가? 역사는 되풀이 된다는 말이 있지만 이렇게 빨리 되풀이 되는가?

5년 전 처음 일본에 왔다. 이웃 나라끼리 사이가 좋은 나라는 거의 없다.

일본!
일본은 어떤 나라일까?
지구의 종말이 올 때까지 치욕의 기록이

지워지지 않을 역사는 언제부터인가

내 상념의 절반을 차지했다.

　- 1975년 가을 어느 일요일

　나는 첫 출국으로 수영에 있는 부산국제공항을 이륙해서 도
쿄의 하네다 공항에 도착했다. 공항에 마중나온 에이전트의
안내로 도쿄 열차역에서 신칸센을 타기 전에 에이전트가 점
심식사비로 일본 돈 천 엔짜리 지폐와 국화문양이 새겨진 동
전 몇 개를 주는데 천 엔짜리 지폐에 그려진 이토 히로부미의
얼굴을 보고 순간 흠칫하면서 기분이 확 잡쳐버렸다. 그렇다
고 돈을 버리지는 못하고 호주머니에 넣고 열차에 올라탔다.
지금 내 호주머니에 들어있는 천 엔짜리 지폐가 돈이 아니라
똥 묻은 휴지를 호주머니에 넣고 있는 것처럼 기분이 더럽고
찝찝했다. 열차가 출발하고 불쾌한 기분에서 벗어나지 못하
고 있다가 순간 번갯불이 스치듯 '아참! 그렇지. 이 작자는 만
주 하얼빈역에서 안중근의사에게 사살되었지'라고 생각하면
서 더러운 기분을 가라 앉혔다.

　적군을 많이 죽여야 승리하는 것이 아니다. 러일전쟁 때 패
배한 러시아 병사보다도 승리한 일본군 병사가 더 많이 죽었
다. 졸개는 총알 하나보다도 가치 없는 전쟁 도구일 뿐이다.

적의 자존심을 쏘아야 한다.

이토 히로부미, 이 작자는 누구인가?

구중궁궐 여인들만의 공간인 건청전에 일본 낭인들이 난입
하여 궁녀들과 민 황후를 살해하고 민 황후의 시신을 불태운
을미사변의 주모자이고 수괴다. 그리고 10년 후 을사년에는
일본군들이 궁궐을 에워싸고 임금과 대신들을 겁박하여 국권
을 강탈한 원흉이다.

상해임시정부 주석 김구 선생은 '백범일지'에 황해도 치하포
주막에서 조선인으로 가장한 일본인을 첩자이거나 민 황후를
살해한 범인으로 판단하고 맨주먹으로 때려죽여 사발에 피를
받아 마셨다고 했다. 안중근 의사가 사살한 이토 히로부미의
죄목 15개 중에 민 황후를 살해한 죄목이 있다. 그런데 위대
한 영웅 안중근 의사는 이토 히로부미의 15개 죄목 중에 일본
왕을 죽인 죄도 들어가 있다. 일본 왕의 신하가 일본 왕을 죽
인 것에 대해 왜? 죄를 물었을까? 같은 적일 뿐인데…!

일본 왕은 민 황후 살해를 지휘한 주한 일본공사가 일본에
귀국하자 신하를 보내 '정치를 아는구나'라고 드라마에서 들
었고, 훗날 본 다른 책에서는 '할 때는 하는구나'라고 치하했
다고 한다. 다큐멘터리 대하 역사드라마에서 조선왕조와 대

한제국이 망해가는 과정을 들으면서 한 나라의 왕후가 살해 당하고 불태워지는 대목에서 내레이터는 비통한 감정을 숨기지 못하고 떨리는 목소리로 말하고 있었다. 지구의 종말이 오기 전에 반드시 이 치욕을 갚아야한다. 역사는 지워지지 않는다.

열차가 도쿄 시내를 벗어나고 얼마나 지났을까? 눈앞에 시골 풍경이 펼쳐졌다. 창밖으로 추수가 끝난 넓은 벌판을 보고 있는데 멀리 보이는 마을 골목길에서 일본 전통 복장을 한 두 부부가 정중하게 고개를 숙이는 인사를 서로 반복하고 있었다. 그 광경을 보고 있으니 내가 일본에 처음 오는데 마치 일본에 살아 본 것 같은 기시감이 들었다. 그것은 내가 일본에서 살아 본 것이 아니라 어느 책에서 본 기억이었다. 일본인은 저렇게 세 번쯤 서로 인사를 주고받는다고 했다.

마을사람들이 단장을 하고 나들이 하는 것을 보니 오늘은 일요일이니 친지들의 결혼식에 가는 것 같았다. 분노와 적개심이 강하면 강할수록 일본을 더 알고 싶었다. 신문이나 잡지에서 일본에 관한 기사라면 관심과 흥미를 가지고 읽어보았다. 그러다가 군대 생활하면서 루스 베네딕트의 『국화와 칼』을 읽어 보았다. 그 책은 일본인의 민족성과 정서를 놀라울 정도로 정밀분석해 놓았다. 더욱 놀라운 것은 하와이에 살고 있는 일본 교민과 몇 번의 인터뷰를 했지만 루스 베네딕트가 일본에는 한 번도 가보지 않았다는 것이다. 그러한 책을 쓸 자료가 미국에 있다는 증거일 것이다.

신칸센 열차를 타고 가면서 알지 못하는 선원 생활에 대한 궁금함과 어릴 적부터 막연하게 꿈꾸었던 세계여행을 할 수 있다는 생각에 약간의 두려움보다 설레이는 마음이 더 컸다. 이런저런 상념에 젖어있는데 "벤또(도시락), 요깡(양갱), 사이다"라는 귀에 익은 일본말이 들렸다. 고개를 들어보니 열차칸 통로로 손수레를 끌고 오는 열차 판매원의 소리였다.

어릴 때 방학이 되면 울산에서 아버지가 농사 지은 참외를 부산에서 장사를 하고 있는 자형에게 기차편으로 부치고 나는 그 기차를 타고 다니면서 많이 들었던 말이었다. 나는 배가 별로 고프지는 않았지만 내 호주머니 안에 있는 똥 묻은 휴지를 없애버리려고 도시락과 바꾸었다. 일본 사람들이 얼마나 싱겁게 먹는지 밥을 반도 먹지 못하고 반찬이 떨어졌다.

신칸센을 중간에서 한 번 갈아타고 마지막 역에서 마중 나온 또 다른 에이전트의 승합차를 타고 규슈의 남단 가고시마에서 World Wide호에 승선했다. 'World Wide'라. 배 이름이 멋지다고 생각했다.

세계 최초로 운행된 고속열차 신칸센의 빠르기와 편리함보다 도롯가 인도 위에 장금장치를 하지 않은 자전거들이 즐비하게 거치된 모습을 일본 어디에서나 볼 수 있었던 것이 더 인상 깊었다. 자전거는 일본 주부들의 간편한 교통수단이었다.

기타큐슈에서 시모노세키로 가는 도시 열차 칸에서 앉아 있는 사람 모두 책을 읽고 있었다. 무슨 책을 읽고 있나 하고 살펴보았더니 신문, 만화책, 문고본, 소설, 팜플렛 등 가지각색이었다. 나는 퇴근 시간이니 눈을 감고 하루의 피곤을 푸는 사람이 있지 않을까 하고 다른 칸으로 옮겨 볼까 하다가 그만두었다. 그날 우연히 내 눈에 들어온 그 장면이 늘 잊히지 않았다. (훗날 일본인들이 타인과의 눈을 마주치는 실례를 피하기 위해 책을 본다는 이야기는 들었지만 하나의 추정이지 확실한 것은 모른다)

시모노세키에서는 교포들이 운영하는 상점에 가보았는데 전자제품에서 비누까지 없는 게 없는 만물상점들이 많았다. 아마 한국과 일본을 오고 가는 보따리 장사들이 주요 고객인 것 같았다.

일본의 성문화와 성 산업을 보고 비행기를 타면 한 시간 만에 올 수 있는 가깝고도 먼 나라가 아니라 멀고도 먼 나라로 느껴졌다. 스트립쇼극장, 포르노 영화, 만화책, 소설의 소재까지도 부끄러움과 윤리 도덕을 넘어선 인간의 상상을 모두 끄집어내어 노골적으로 표현했다.

한국은 성(Sex)이 본능과 도덕의 문화이고 일본은 본능과 배설의 문화였다. 국가가 국민의 삶의 질을 높이고 욕구를 해소시키는 역할 중에 의, 식, 주 말고 성(Sex) 본능이 하나 더 추가된 것 같았다.

사회가 타락한 것이 아니라 한계가 없는 표현과 제도 속에서 합법적으로 운영되고 있었다. 풍요가 가져다 준 여유인지 일본인 모두 적극적으로 친절했다. 특히 내가 다가가지 않았는데도 못생긴 내 얼굴을 보고 지레 벌레 씹은 얼굴로 변하는 한국 여자들을 보다가 일본 여자들의 나긋나긋한 친절을 보니 일본 여자 모두 이쁘게 보였고 내가 갑자기 별천지에 온 것 같았다.

병정개미처럼 질서를 지키며 부지런히 살고 있는 일본 국민을 보면서, 일본인은 같은 학교에서 같은 교과서로 같은 훈육 선생 밑에서 질서가 공공의 이익과 국력 신장의 지름길이 된다는 것을 자각한 일본인이 되어 한 사람의 낙오자도 없이 일본인 학교를 수료하고 세계 어디에 내어놓아도 부족함이 없는 1등 시민의 자격증을 받은 국민 같았다.

브리즈번으로 띄우는 편지

출국 수속을 마치고 옛날 일제강점기에 관부연락선이라고 불리던 부관페리호를 탔다. 승객들 중에는 한국과 일본을 오가며 보따리 장사를 하는 교포 아주머니들이 많이 있었다. 옛날과 달리, 요즈음은 한국제품이 좋아져서 장사할게 없다고 했다.

밤에 잠이 오지 않아 갑판의 난간에 서 있었다. 배가 한국 근해에 가까워져 오니 어선에 불을 환하게 밝히고 조업을 하는 오징어잡이 배들을 보고 있는데 배낭을 짊어진 키 큰 서양인이 내게 오더니 "저 배는 무슨 종류의 고기를 잡느냐?"고 물었다. 나는 오징어를 영어로 몰라서 손가락으로 그림을 그려주었다.

"어느 나라 사람이냐?"고 물었더니, "이스라엘에서 왔다"고 했다.

15. 귀가

어머니와 누나의 죽음을 알고 방황하다

집에 들어가니 형만 혼자 있고 어머니와 누나가 보이지 않았다. "엄마는?" 하고 형에게 물었고, 형은 "죽었다"고 했다. 어머니는 나이가 많으셔서 돌아가셨는가 하고 슬퍼할 겨를도 없이 누나가 보이지 않아 "누부야는?" 하고 물었더니 "죽었다"라고 했다. 그 순간 내 몸이 공중에 붕 뜨는 것 같으면서 우주공간 어디론가 다른 세상으로 날아가는 것 같았다. 한순간에 이 세상의 모든 가치가 다 사라졌다.

나는 가방을 들고 누나가 없는 집을 나왔다. 눈물이 하염없이 흘러 큰길로 나갈 수가 없었다. 골목에 서서 눈물만 흘리고 있었다. 멈추지 않는 눈물을 삼키며 고개를 푹 숙인 채 타작마당을 지날 때 또다시 눈물이 울컥 쏟아졌다.

내가 중학교 때 누나와 둘이 동래시장에 가다가 이곳 타작마당을 지나면서 누나가 자꾸 처져 오길래 "누부야 왜 자꾸 처져 오노?" 했더니 "니가 부끄러버 할까봐"라고 했다. 나는 그 말을 듣는 순간 어린아이 같은 영혼을 지닌 누나가 한없이 가련해 보여 무슨 말을 어떻게 해야 할지 몰라 아무 말도 못했다. 누나는 어릴 때 홍역을 치르면서 곰보가 되었다. 누나의 그 말을 두고두고 내 머릿속을 맴돌았고 길을 걷다가도 문득문득 누나의 그 말이 생각나서 가슴이 아렸다.

내가 초등학교 입학하기 전 집에 혼자 있다가 심심하기도 하고, 누나가 보고 싶어 병영초등학교 계단 밑에 쪼그려 앉아 누나를 기다렸다. 친구들과 같이 계단을 내려오는 누나는 평소 때와 달리 무궁화 세 개가 새겨진 표식 천을 가슴에 달고 있었다. 이상했다. 누나는 평소 무궁화 두 개를 달고 급장을 맡았는데 오늘은 왜 무궁화 세 개를 달고 있을까? 무궁화 세 개는 뭘까? 싶어 집에 와서 물어보았더니 "오늘 선생님이 전교 학생회장을 시켜주셨다"고 했다.

그 뒤로 부산에 이사 와서 누나에게 들은 이야기다. 누나는 6년 우등, 6년 개근으로 경상남도 교육감상을 받았고 상품으로 국어사전을 받았다. 그리고 아무리 몸이 아파도 아버지 등에 엎혀 학교에 갔고, 집에 와서도 책 한 번 안 쳐다보고 학교에서 선생님 말씀만 듣고도 늘 1등을 했다고 했다. 그때 들었던 누나의 말 중에 '거짓말 한 번 하면 죽는 줄 알았다'라는 말이 생각 날 때마다 누나의 맑은 영혼이 안타까워 가슴을 저미었다.

누나는 5학년 때 딱 한 번 치맛바람에 밀려 부급장을 했다고 했다. 공부를 지독스럽게 못했던 나는 늘 어릴 때 누나의 기억을 떠올리며 공부 못하는 내 자신을 달랬다. 셋째 누나는 나를 보고 '어디서 이렇게 못생긴 아이가 나왔느냐?' 하면서 배꼽을 잡고 깔깔 웃으면 어머니는 "다리 끝 밑에서 주워왔다"라고 했다. 나는 어릴 때 그 말이 참 말인줄 알고 서럽게 울었다.

어머니는 '여자는 많이 배울 필요없다'고 누나를 중학교에 보내지 않았다. 누나는 초등학교에 입학한 나에게 공부를 가르쳐주다가 부산 거제리에 있는 '조선견직'이라는 방직회사에 다니고 있던 둘째 누나와 셋째 누나에게로 갔다. 내가 초등학교 4학년 때 5.16 군사정변이 일어났던 그 해에 우리 가족은 부산 동래로 이사 와서 보고 싶어 하던 누나와 다시 같이 살게 됐다.

누나는 자기가 곰보라서 내가 부끄러워할까봐 뒤쳐져 간다고 했던 그 말이 생각나 누가 보든 말든 흐르는 눈물을 감출 생각도 없이 실성한 사람처럼 털레털레 걸었다. 나는 늘 공부를 잘했던 누나를 중학교에 보내지 않은 어머니를 원망했고 공부를 못했던 내가 중학교, 고등학교에 다니는 것이 늘 양심의 가책이 되었다.

누나는 나이가 들어가면서 늘 머리가 아프다고 했다. 병원에 가도 병명을 알 수 없고 해서 어느 날 어머니가 무당을 불러 굿을 했다. 무당은 누나에게 신이 왔으니 신을 모셔야 아프지 않다고 했다. 그 뒤로 누나는 신당을 차려 촛불을 켜놓고 저녁마다 기도했다 나는 그런 누나와 평생 같이 살 것이라고 마음의 다짐을 하고 있었지만 이렇게 누나가 죽을 것이라고는 한 번도 상상조차 해본 적이 없었다. 누나의 기구한 삶이 너무 불쌍했고 지금 누나가 이 세상에 없다고 생각하니 모든 것이 허망했다.

버스가 다니는 큰길로 나와 북쪽으로 갈까 남쪽으로 갈까 하다가 북쪽으로 가는 버스를 타고 버스 종점인 부산대학교 앞에 내렸다. 부산대학교 정문(현재 구 정문) 근처의 골목길에 있는 하숙집에 거처를 정했다.

첫날 밤에 길고양이들의 울음소리를 들으며 내가 없는 동안 누나가 얼마나 아팠을지, 얼마나 외로웠을지, 죄책감에 밤에 잠자다가 가위에 눌렸다. 넋이 나간 사람처럼 멍한 상태로 이틀이 지나고 난 뒤 헬레나 생각이 났다. 어떻게 해야 할까? 생각하다가 3년 후 헬레나가 한국을 떠날 때쯤 이별의 인사를 하기 위해 한 번 만나러 가야겠다고 마음의 결정을 내리고 미련을 갖지 않기로 했다.

헬레나의 부모가 인사치레로 만나보라고 한 것이 아니라고 생각되어서 무책임한 것 같았다. 그러나 지금의 어두운 내 모습을 타인에게 보여주기 싫었고 이야기하기도 싫었다. 헬레나를 어머니와 누나에게 소개시켜주고 나서 헬레나의 모습을 보고 신기해할 어머니와 누나를 상상했었다. 왠지 꿈같았던 그 꿈이 이제 꿈으로 되돌리고 싶었다. 헬레나의 후덕한 얼굴과 커다란 눈망울이 자꾸 눈앞에 아른거렸다. 그러나 내겐 모든 것이 절망스러웠다.

두문불출하고 있던 나흘쯤 되었을까? 아무런 생각의 방향도 없이 방 안에 멍하니 앉아 있는데 방문이 살며시 열리며 "형님이라고 불러도 되겠습니꺼. 무슨 일이 있었는지 모르겠습니더만 바깥에 나와서 우리하고 이야기하면서 마음을 달래이소"라고 해서 쳐다보니 두 학생 중 큰 학생이었다.

문을 조금만 열어 고개만 내밀고 어렵게 말하는 겸손한 태도에 차마 거절할 수가 없어 끌려 나가듯이 마루로 나갔다. 나가보니 작은 학생도 마루 앞에 서 있었다. 큰 학생은 이름이 이경문이고 3학년이며 작은 학생은 이름이 김진석이고 1학년이라며 각자 자기소개를 했다. 큰 학생은 곧바로 김성동 작가의 『만다라』와 이문열 작가의 『사람의 아들』을 재미있게 읽어보았다고 했다. 두 학생은 인간의 욕망, 번민, 갈등, 고뇌를 심오하게 표현한 책을 읽은 감정이 얼굴에 진지하게 나타나 있었다. 경문이와 진석이는 마치 내가 이 책을 읽어보았을 것이라고 전제하고 말하는 것 같았다. 내가 호주의 아델라이드에서 출발하여 유럽으로 가면서 인도양을 건널 때 교대자가 가져온 『만다라』와 『사람의 아들』을 책 속에 빠져서 재미있게 읽은 생각이 났다.

　경문이는 존 덴버(John Denver)의 〈Take Me Home Country Roads〉를 듣고 팝송에도 이렇게 좋은 노래가 있는 줄 몰랐다고 했다. 나는 '팝송에 좋은 노래가 얼마나 많은데' 하며 경문이가 컨트리송을 좋아하는 것을 보니 '소박한 마음을 지닌 사람이겠구나' 했다. 작은 학생 진석이는 『노인과 바다』를 감동 있게 읽었다고 했고 김지하 시인의 『오적』을 좋아한다고 했다. 진석이의 그 말을 들으니 순간적으로 마음이 우울해졌다. 두 학생은 나를 위로해주느라고 이야기를 계속 이어나갔다.

나의 침울한 모습이 학생들의 눈에 동정을 불러 일으킬만큼 안타깝게 보였을까? 좀 미안한 마음이 들었다.

경문이는 청원경찰로 독도수비대에서 삽살개를 벗삼아 군복무를 마치고 복학했다고 했다. 경문이의 집은 경상북도 월성군인데 아버지가 겨우 학비를 대줄 수 있는 정도의 작은 농장을 한다고 겸손하게 말했다. 진석이는 1학년인데 오랫동안 휴교령이 내려져 휴학 중인데도 아직 집에 한 번도 가지 않았다고 했다. 진석이는 가정형편이 너무 어려워 홀로 계시는 어머니에게 걱정을 끼칠까봐 집에도 못 가고 하루하루 집 짓는 공사판에 가서 노동 일을 한다고 했다. 진석이는 학비를 마련하지 못해 학교를 그만둘까 고민하고 있는 중이라고 했다. 오늘은 일거리가 없어 쉰다고 했다. 진석이의 그 말을 들으니 조금 전에 김지하의 시 '오적'을 좋아한다는 말이 나를 숙연하게 했다.

경문이는 경문이대로 집에 가도 가족관계 때문에 마음이 편하지 않아 가지 않고 있었고 진석이는 가난 때문에 집에 못 가고 둘 다 하숙집에 머물다 나를 만난 것 같았다. 경문이와 진석이는 내가 얼마나 안타깝게 보였는지 아니면 인연이 있어서였는지 보통 처음 만난 사람에게는 잘 하지 않은 가정사까지 자세하게 이야기했다.

　나는 아무 말 없이 학생들의 이야기를 듣고만 있었다. 처음 이 집에 올 때 당분간 머물 것이라고 학생들과 말 한마디 하지 않았고 눈도 마주치지 않았다. 학생들은 나에게 아무것도 묻지 않았고 나는 누나의 이야기를 아무에게도 하고 싶지 않았다. 안타까운 혈육의 죽음은 나에게는 세상을 다 잃은 것처럼 슬픈 일이지만 타인에게는 언제나 있는 일이고 지나가는 일상사이다. 내가 슬픔을 견디지 못하고 이야기를 해도 잠시 동정이 표현을 얻을 수 있지만 허망한 마음을 채울 수는 없다. 누나의 죽음을 이야기하고 나면 오히려 더 허전해질 것 같아 가슴에 묻어두기로 했다. 우연히 하숙집에서 만나 같이 있으면서 경문이와 진석이의 겸손하고 예의 바른 태도에 침울 속에 빠져 있던 내 마음을 조금은 추스를 수 있었다. 내게 무슨 일이 있었는지 알려고도 하지 않고 나를 위로해주려는 경문이와 진석이에게 미안하고 고마웠다. 그래도 텅 비어버린 내 마음속은 흐르는 강물 위에 정처 없이 떠내려가는 낙엽 같았다.

　어느 날 내가 학생들에게 술 한잔 사주겠다고 제의를 해서 길거리로 나왔다. 거리에는 상점의 네온사인도 다 꺼져있고 실내등을 끄고 영업을 하지 않는 가게가 많아서 길거리는 한

산하고 어두침침했다. 경찰들이 시위하는 학생들과 대치하면서 최루탄을 얼마나 쏘아댔는지 아직 매캐한 최루탄 냄새가 코를 찔렀다.

"마지막 데모가 언제 있었느냐?" 최루탄 냄새에 의문이 들어 물어보았다. (경문이와 진석이는 서로 물어보면서 대답을 했는데 지금 기억하지 못한다) 그리고 경문이가 "지금 부산대학교 근처에는 가게나 집을 팔려고 내놓아도 사는 사람이 없심더"라고 했다. 마침 아랫길 버스정류장 옆에 문을 열어놓은 생맥주집이 있었다. 맥주를 한 모금씩하고 나서 경문이가 "왜 대학생들만 데모하고 사회인들은 데모를 안 하는지 모르겠네요…"라고 했다.

"그 이유는 다섯 가지가 있다. 첫째…둘째…셋째…" 하고 이야기를 이어 나가다가 마지막쯤은 이랬다.

"민간인이 반독재 민주화운동을 하다가 붙잡히면 경찰서, 검찰, 법원, 공안 어디에도 헌법의 가치나 형법조항은 소용이 없다. '너 빨갱이지' 하면 빨갱이가 되어야 한다. 오직 상급기관의 지침이 법이다. 그곳에는 이성이 없다."

(그때도 내가 무슨 이야기를 했는지 모를 만큼 내가 아닌 다른 사람이

이야기한 것 같았고 지금도 마지막으로 했던 말은 이렇게 말하지 않았을까 하는 희미한 기억뿐이다)

나는 단락을 나누어 논리적으로 생각할 줄도 모르고 조리있게 말해 본 적도 없다. 다섯 단락은커녕 친구들과 술을 마시며 이야기할 때는 '불특정 다수를 향해 부정부패를 저지르는 놈. 불량식품을 만드는 놈. 모조리 재판 없이 총알도 아까우니 구덩이 파서 묻어버려야 한다'라고 단순무식하게 이야기했다. 대학생들 앞에서 천박하고 무식하게 말하지 않아야 한다고 의식하고는 있었지만 말하고 나니 내가 한 말이 아닌 것 같았다. 평소 공안을 두려워하며 학생들 데모 현장 근처에도 가보지 못한 채 이불을 덮어쓰고 만세를 부르던 나 자신의 의식 세계가 무의식적으로 갑자기 말이 되어 나온 것 같았다.

학생들과 데모 이야기를 하며 맥주를 마시고 하숙집으로 가는 길에 부산대학교 정문(현재 구 정문) 옆으로 난 골목길을 걸으며 앞서 가고 있는 경문이와 진석이가 가수 김태곤의 〈송학사의 밤〉을 부르고 있었다. 민요가락과 가요가락이 섞인 듯한 이 노래가 밤 풍경과 어울려 멋스럽게 들렸다.

지금은 휴교령이 내려져 있다. 데모가 소강상태인지 더 이상 데모가 없는지 모르지만 노래를 부르며 앞서가는 두 학생의 뒷모습을 보니 하! 시절이 수상한 세월이지만 대학 생활의 낭만이 느껴졌다. 내가 고등학교를 다닐 때까지는 늘 동래 온천천 둑 어디에서도 보이는 부산대학교의 하얀 본관 건물의 멋진 풍경을 멀리서 바라보곤 했다.

길거리에서는 가수 조용필의 〈창 밖의 여자〉와 가수 윤시내의 〈열애〉가 절규하듯이 울려 퍼졌다. 경문이는 쌍꺼풀진 큰 눈이 서글서글하게 생긴 미남이다. 진석이는 홑꺼풀에 작은 눈이지만 눈빛은 반짝반짝 빛이 나고 단단한 체구에 이목구비가 반듯하며 똑똑하게 생긴 얼굴이다.

두 학생과 헤어질 때 경문이가 "형님. 꼭 다시 만납시더" 하면서 주소를 적어주었다. 〈경상북도 월성군 월성리 50. 이경문〉 "무슨 주소가 이래 간단하노?" 했더니 "사람이 얼마 살지 않아 십 리 밖에서도 내 이름 대면 다 압니더"라고 했다.

가난 때문에 학업을 중단할까 고민하는 진석이의 얼굴을 차마 똑바로 바라보지 못하고 헤어졌다. (진석이의 집은 서부 경남이라고 했는데 자세히 기억나지 않는다)
소박하고 겸손한 두 학생이 살아가는 동안 언제까지나 잊힐 것 같지 않았다.

경문이와 진석이와 헤어져 여관과 하숙집을 떠돌다가 하숙집 근처에 있는 공장에 취직했다. 공장에서 일하면서 진숙이라는 아가씨를 알게 되었다. 진숙이는 공장 근처에서 혼자 자취를 하고 있었다. 우수에 찬 눈과 쓸쓸하고 외로워보이는 진숙이는 나와 같은 동성동본이라서 그런지 왠지 남같지 않고 애틋한 마음이 들었다. 그러한 진숙이의 모습을 볼 때마다 아무런 도움을 줄 수 없고 위로도 해줄 수 없는 황망한 상태에 놓여있는 나 자신이 더 딱했다.

나이가 들면 원하든 원하지 않든 사연이 생기는 걸까? 진숙이는 무슨 사연을 안고 있을까? 내가 지금 무엇을 해야 하는지 어디로 가야 하는지 공중에 붕 뜬 사람처럼 황망한 상태에서도 내 마음속에는 늘 헬레나의 얼굴을 그리고 있었다.

3년 후 만나서 이별의 인사를 하고 헤어질 것이라고 마음의 다짐을 하고 있지만, 어느새 나도 모르게 헬레나가 내 마음속에 자리 잡고 있었다. 나는 평생 여자와의 사연이 생기지 않을 줄 알았는데…. 흔히 듣는 말로 사람의 일이란 앞일을 알 수 없다고 했든가?

공장에서 일하다가 겨울이 끝날 때쯤 회사 부장의 소개로 충청북도에 있는 시골의 농가로 떠나게 되었다. 나는 공장을 떠나면서 부디 진숙이가 외롭지 않고 행복하게 되기를 빌었다. 시골로 떠나는 날 아침에 하숙집을 나서는데 지나가는 청소차에서 듀엣가수 유심초의 〈사랑이여〉라는 노래가 흘러나왔다. 나는 발걸음을 멈추고 애절한 노랫소리가 멀어질 때까지 외로워 보이는 진숙이의 모습을 생각하면서 청소차의 뒷모습을 바라보았다.

브리즈번으로 띄우는 편지

16. 충청도에서

머슴살이를 하다

지금 한국에는 거지가 없어졌다. 부산대학교 정문 옆 하숙집에서 절망에 빠져 사흘 동안 두문불출하면서 내가 한평생 거지가 되어 떠돌다가 죽었으면 하는 생각이 들었다. 그러고 나서 한참 지나서 생각해 보니, 그때의 내 생각이 극도로 궁핍한 상황에서 생명을 유지하기 위해 모든 인격을 내려놓고 구걸하는 행위를, 내가 나를 학대하는 현실도피의 수단으로 생각했다는 것이 얼마나 위선적인지 스스로 부끄러웠다. '거지도 잘 생긴 거지는 밥을 얻어먹지만 못생긴 거지는 굶어죽는다' 라고 했다. 인도 '마마고아'의 바닷가에서 거지 가족과 하룻밤을 뜬 눈으로 보낸 적이 있다.

어느 토요일 일찍 일과를 마치고 오후에 외출 나갔다가 별

볼일도 없고 해서 혼자 조금 일찍 통선장으로 돌아왔다. 길에서 어린 오누이를 데리고 오고 있는 거지 가족을 만났다. 내가 남자에게 '당신 집에 가볼 수 있느냐?'고 물었더니, 내 말을 들은 남자가 덩실덩실 춤을 추었고 아내와 아이들도 덩달아 빙글빙글 돌며 춤을 추며 좋아했다.

거의 한 시간쯤 걸었다 싶은데도 집이 나타나지 않았다. 한참을 같이 걷던 남자가 갑자기 어두운 얼굴이 되어 발걸음을 주춤거리면서 나를 보고 "집이 너무 멀어 온 것만큼 더 가야 한다"라고 하며 머뭇거렸다. 나는 "괜찮다"고 했다. 한 십 분쯤 걷다가 또다시 "집이 너무 멀다"라고 했다. 나는 또다시 "괜찮다"라고 했다.

그리고 나서 몇 분도 지나지 않아 바다가 보이고 백사장이 나타났다. 목적지에 도착해보니 우주가 그들의 지붕이고 벽이었다. 인도 거지 가족은 옛날 한국의 거지처럼 동냥을 받는 바가지나 깡통도 없고 숟가락, 젓가락도 없었다. 그들의 몸에 걸친 길고 넓은 배가 담요이고 이불이며 베개였다. 빈민촌에 허름한 판잣집이라도 있을 줄 알았던 나의 상상을 날려버렸다. 안개가 낀 뿌연 밤하늘을 보며 우리는 백사장에 나란히 누웠다.

오래전에 없어졌지만, 내가 초등학교에 다닐 때까지 우리 동네에는 동래에서 거제리로 건너가는 세병교 밑에 넝마주 이들이 살고 있었다. 그때 넝마주이들은 밤에 비가 오면 다리 밑이라 비라도 피할 수 있었지만, 지금 이 거지가족은 밤에 비가 오면 어디로 가야하나?

불청객이 한 사람 늘어난 탓에 베를 둘둘 감은 베개를 내가 베고 대신 사내아이에게는 내가 팔베개를 해주었다. 사내아이는 나의 찢어진 눈이 신기한가? 행복한 미소를 지으며 나의 얼굴을 빤히 쳐다보다가 잠이 들었다.

시간이 한참 지나도 싱숭생숭 잠이 오지 않아 나는 저린 팔을 살며시 빼내고 내가 베고 있던 베개를 아이의 머리 밑에 받쳐주었다. 나는 안개 낀 뿌연 밤하늘의 별을 보며 이 생각 저 생각에 잠이 오지 않았다. 내가 고급 승용차를 타고 가는 생면부지의 부자 가족에게 '당신 집에 가볼 수 있느냐?'라고 물어보지 못하듯이, 내가 거지 가족에게 '당신 집에 가볼 수 있느냐?'라고 물어본 것이 너무 미안했고 부끄러웠다.

내가 처음 '당신 집에 가볼 수 있느냐?'라고 물었을 때 거지 가족이 기뻐서 덩실덩실 춤을 춘 것은 사람이 그리웠을 것으로 생각되었고, 목적지가 점점 가까워져 올수록 어두운 얼굴로 주춤거리며 두 번이나 '집이 너무 멀다'라고 하면서 머뭇거리린 것은 집이 없다는 사실에 부끄러워 내가 되돌아가기를 바랐을지 모른다. 내가 그것도 모르고 눈치 없이 끝까지 따라왔다. 내가 누운 방향에서는 달이 보이지 않았다. 뿌연 하늘의 희미한 별빛을 보며 착한 사람인 척 흉내를 내고 있는 나를 보고 '위선자야 위선자야'라고 불렀다.

이리 뒤척 저리 뒤척거리다가 새벽이 채 되기 전에 자고 있는 가족들에게 방해되지 않도록 살며시 일어났더니 부부는 같이 허리를 일으켜 잘 가라고 손을 흔들어주었다.

내가 머슴살이하려고 찾아온 집은 이 일대 인근 마을에서 가장 큰 기와집이었다. 내가 한국의 마지막 머슴이 될 줄 알았는데 이 집에는 나이 지긋한 머슴이 한 명 있었다. '똥 푸는 두 사람이 걸어가면 한 사람은 반장이다'라고 했다. 나는 조금이라도 평등해지기 위해 마음속으로 먼저 와있던 나이 지긋한 머슴을 '머슴 1호', 나는 '머슴 2호'라고 정했다.

산기슭이나 들판에 드문드문 보이는 외딴집들이 모두 소작 농들이 도회지로 떠나면서 버리고 간 집이라고 했다. 남의 전답을 부쳐 먹던 가난한 소작농들이 모두 집을 버리고 도회지로 나갔는데 머슴 1호는 왜 아직까지 시골에 남아 머슴 노릇을 하는지 알 수 없지만, 가끔가다 아내와 아들이 찾아와 대문

브리즈번으로 띄우는 편지

간에서 머슴 1호와 말다툼을 하고 갔다. 어린 아들을 보니 나처럼 늦게 낳은 자식 같았다. 내가 중학교 2학년일 때 나의 아버지는 73세로 돌아가셨다. 이제 도회지로 나가기엔 나이가 많아 보이긴 했다. 거지가 없어진 한국에서 머슴은 가장 천한 직업이다. 늘 불안한 일정에다 동냥할 때마다 부끄러움을 안고 살아가야 하는 거지보다 나는 나의 능력에 따라 쌀 한 톨이나 식량을 생산하는 일에 종사하니 마음도 편하고 보람도 있었다.

경전구절 몇 줄 외우고 혹세무민하는 허우대 좋고 입담 좋은 고급 사기꾼보다는 하늘을 우러러 떳떳하다고, 무능해서 머슴이 된 나를 마치 내가 선량한 사람인 척 위로했다. 무능한 자의 위축된 마음을 스스로 달래는 데는 정신승리만큼 좋은 약이 없다. 처음 이 집에 와서 일주일쯤 충청도 말과 경상도 말이 만나 서로 잘 알아듣지 못했다. 주인아주머니가 내 말을 잘 알아듣지 못하겠다고 했고 나도 아주머니의 말을 잘 알아듣지 못해 한참 동안 무슨 말일까 하고 알쏭달쏭해 했다.

봄이 되어 소를 몰고 밭 갈러 가다가 내가 머슴 1호에게 소를 한 번 몰아보자고 말을 건넸더니 머슴 1호의 안색이 금방 변했다. 젊은 내가 소를 다룰 줄 알면 머슴 1호의 위치가 흔들릴까봐 그 뒤로 두 번 다시 소를 몰아보자고 하지 않았다.

소가 순해 보이지만 나는 어릴 때 소 뒷발에 차여 기절한 경험이 있다. 울산 병영에서 농사를 짓고 살았지만 우리 집에는 소가 없었다. 개배기고개에 아버지가 지어놓은 원두막에서 수박이나 참외(지금의 노란 참외가 아니고 개구리 참외와 비슷했고 노란 참외는 우리가 먹으려고 자투리 땅에 조금 심었다)를 훔치러 오는 서리꾼을 지키기 위해 혼자 원두막 위에 앉아 있다가 심심해서 멀리 지게를 지고 소에게 꼴을 먹이고 있는 청년에게로 갔다. 가까이 가보니 그 사람은 소 불알을 만지작거리고 있었다. 생전 처음 보는 장면에 호기심 어린 눈으로 쳐다보고 있는데 청년이 나를 보고 한번 만져보라고 했다. 나는 겁이 나서 안 만지겠다고 했더니 청년은 소 불알을 만지작거리던 손을 놓고 조금 있다가 다시 주물럭거리면서 "봐라 괜찮다아이가"라고 하면서 다시 나를 보고 만져보라고 했다. 나는 겁이 나면서도 호기심을 이기지 못하고 소 불알에 손을 대었더니 '물커덩' 하고 뜨뜻미지근한 느낌이 드는 순간 별이 번쩍했다.

정신을 차려보니 개울 풀숲에 처박혀있었다. 속았다 싶어 지게를 지고 있는 청년을 쳐다보니 청년은 나를 보고 히죽히죽 웃고 있었다. 소 뒷발에 차여 날아갔던 것이다. 지금 생각해 보니 그 청년은 부잣집 머슴이 아니었을까? 생각된다.

봄에 모심기가 시작되었다. 이양기로 모를 심고 난 뒤 이양기로 모를 심을 수 없는 모서리나 이양기가 빼먹은 곳을 메우기 위해 마을 아낙네들에게 놉을 불러 일을 했다. 모두가 5~60세로 보이는 아낙네들이었다. 먼저 소문을 들어서 알고 있었겠지만 모두 도회지에서 시골로 머슴살이하러 온 나를 신기한 듯이 쳐다보았다.

참 시간이 지나고 잠시 쉬는 시간에 논둑에 앉아 있던 나이 지긋한 아주머니 한 분이 나를 보고 손금 한번 보자고 했다. "중년이 될 때까지 한없는 방황을 하겠다"고 아주머니가 말했다. 살아오면서 손금은 여러 번 보았고 흔하게 들었던 말 같았다.

나락이 뿌리고 내리고 무럭무럭 자랄 때 머슴 1호와 내가 3일 동안 농약을 뿌렸다. 이 집은 이 일대에서 제일 부자라서 그런지 논농사가 많았다. 이 집에는 논농사와 밭농사와 인삼 농사도 지었다. 인삼 밭에는 검은 비닐막으로 햇빛을 가려놓았다. 모든 식물이 잎으로 햇빛을 받아 탄소동화작용으로 영양분을 만들어 뿌리와 열매를 키우는데 인삼은 영약이라서 그런지 햇빛을 피하는 특이한 식물이었다.

논이나 밭에서 일을 하다 가끔 한 번씩 허리를 펴고 헬레나의 얼굴을 그려보았다. 브리즈번의 시멘스 클럽에서 만난 헬레나는 지금 강릉의 어느 진료원에 있고 나는 충청도의 시골 농가에서 머슴살이를 하고 있다. 헬레나가 한국을 떠나려면 아직도 2년쯤 남았다. 그리움이 쌓이지 않도록 마음의 경계를 하면서도 떠나보내고 나면 더욱더 쓸쓸해질 것 같아 불안한 이별을 기다리고 있다. 브리즈번 부두에서 카펜터 부인과 로라 양이 손을 흔들며 떠나가던 장면이 아련히 스쳐 지나갔다.

나락이 한창 익어갈 여름 어느 날 밤에 잠을 자려고 누웠는데 주인아주머니가 한 청년을 데리고 들어와서 "부산에서 온 형님이다. 같이 자라" 하고 주인아주머니는 가버렸다. 청년은 어둠 속에서 잠시 머뭇거리더니 나가버렸다. 다음날 밭에서 같이 일하던 주인아주머니가 "서울에서 대학교에 다니는 우리 큰아들인데 어제 밤에 같이 자라고 했더니 어려워서 같이 못자겠다"고 말했다. 나는 '낯을 가리는구나' 했다.

다음날부터 동네에 보이지 않던 청년들이 몇몇 보였다. 아마 서울에 유학갔던 대학생들이 방학이 되어 같이 고향으로 내려온 것 같았다. 그날 저녁 잠자리에 누웠는데 또다시 주인아주머니가 아들을 데리고 들어와 "좋은 형님이다. 어려워하지 말고 형님하고 이야기도 하고 편안하게 자라" 하고 나갔다. 아들은 어제와 같이 머뭇거리며 제자리에서 천천히 몸을 한 바퀴 돌아보더니 나가버렸다. 방이 넓어 잠자리에는 아무 불편함이 없었다. 이 집 큰아들을 어제는 어두워서 보지 못했고 오늘도 친구들과 어울려 지낸다고 집에 들어오지 않아 얼굴을 보지 못했다.

다음 날 밭에서 같이 일하던 주인아주머니가 "우리 아들이 무서워서 같이 못자겠다"고 하더라고 말했다. 나는 마음속으로 '아니 나를 보지도 않았고 자기 집에 머슴살이하는 사람을 무섭다고 하다니' 하며 너무 어이가 없어 아무런 할 말이 떠오르지 않았다.

다음날 논에서 일하고 집에 들어오니 아들은 마당에서 텐트를 조립하다가 나를 보더니 허리를 숙여 공손히 인사했다. 넓은 이마에 턱선이 잘생긴 미남이었다. 텐트를 보니 라스코해운회사에서 조기장에게 폭력을 휘둘렀다는 이유로 6개월 동안 승선을 시켜주지 않아 석남사계곡과 통도사 주차장에서 텐트를 쳐놓고 책을 읽으며 시간을 보냈던 생각이 났다.

처음 승선해서 만난 조기장이 전생에 원수였는지 별의별 생각이 다 났다. 귀국해서 집으로 가자니 어렵게 취직해서 돈 벌러 간 아들이 중간에 돌아오면 어머니가 실망하실 것이고 그렇다고 남자가 울 수도 없고, '인생은 고해다. 인생은 고해다. 관세음보살 나무아미타불' 하고 아무리 외워도 정신병자 같은 조기장의 고함소리와 잔소리는 끝이 없었다. 전생에 쥐꼬리 같은 권력으로 남을 너무 많이 괴롭혀서 업보를 닦는 것인가? 라고도 생각해 보았다.

그러던 어느 날 일과를 마치고 기관실에서 올라오는데 뒤따라오면서 계속 화를 내고 잔소리를 하는 조기장의 목덜미를 잡고 샤워실에 딸린 화장실 변기에 앉혀놓고 목이 부러져라 대가리를 눌러버렸다. 내가 미련하다면 눈알을 좌우로 굴리지 않았고 "하하" 하고 웃지, "헤헤" 하고 웃지 않았다.

망망대해에 떠 있는 낙엽 한 장 같은 선박에도 온갖 용심과 쥐꼬리 같은 권력으로 위력을 행사하는 세속의 일부였다.

여름방학이 되면 대학생들이 '농촌활동'이라는 명분으로 농민들의 일손을 돕기 위해 삼삼오오 짝을 지어 농촌으로 내려가 피 뽑는 일을 도와주던 생각을 하면서, 아들이 논에 한 번 나올 줄 알았는데 마을에 내려온 학생은 아무도 논에 나온 걸 보지 못했다. 3일쯤 지나고 나니 모두 서울로 떠나버렸는지 마을에 내려온 학생들은 아무도 보이지 않았다. 젊은 사람들이 없는 시골 마을에 대학생들이 잠시 나타났다가 사라졌다. 화려한 서울에 살다가 시골에 내려오니 무슨 재미가 있겠는

브리즈번으로 띄우는 편지

가. 방학이 되었으니 부모에게 얼굴만 비춰주고 가버린 것 같았다.

어느 날 논에서 일하고 조금 일찍 집에 들어왔더니 마루 위에 두껍고 누렇게 퇴색된 책이 한 권 있었다. 무슨 책인가 하고 보았더니 일본어로 된 일본 역사책이었다. 첫 페이지에 「일본인의 인구구성: 조선반도 도래인과 일본 원주민, 그 밖의 인종」이라고 시작했다. 죠몬인, 야요이인 등 한국어로 된 간추린 일본 역사책에서 본 앞면 있는 단어들이 보였다. 그 밖의 인종은 홋카이도의 '아이누인'과 사쓰마번에 의해 강제 합병된 오키나와의 '류큐인'을 말하는 것 같았다. 일본어는 기초편을 읽어보아서 조사 정도는 알고 있다.

나는 별 할 일도 없고 심심해서 책을 잡은 채로 읽고 있는데 옆에 조금 떨어져 앉아 있던 주인 남자가 나를 보고, "일본어를 할 줄 아느냐?"라고 물었다. "모릅니다"라고 하자, "일본어를 모르는데 어떻게 책을 읽느냐?"고 물었다. "한자만 보고 대충 읽어봅니다"라고 했다. 그리고는 다시 책을 보았다. 그렇다고 내가 한자를 많이 알지는 못한다.

초등학교 다닐 때 어머니는 나를 보고 "공부해라"라는 말은 절대 하지 않았다. 그 대신 "천자 책 읽어라"라는 말을 귀에 못이 박히도록 들었다. 머리가 돌대가리라서 그런지 아무리 읽고 써도 외워지지 않았고 쓰지도 못했다. 그래서 내가 알고 있는 한자는 상용한자 정도 알고 있고 그것도 쓰지는 못하고 눈으로 익힌 글자이다. 일본에서 사용하는 한자는 한국에서 사용하지 않는 한자가 많아, 사전을 찾아보아야 한다. 내가 한국어로 된 일본 역사책을 읽어본 적이 있고 별 할 일도 없고 해서 대강 훑어보고 있는 중이었다. 그런데 조금 전에 주인이 나를 보고 "일본어를 아느냐?"고 물었을 때, 주인 남자가 눈을 동그랗게 뜨고 놀란 듯이 몸을 꿈틀하는 순간 동작이 떠올랐다.

'이상하다. 내가 일본어 책을 읽든 영어 책을 읽든 왜 저렇게 놀랄까?' 하는데 다음 순간 주인 남자의 욕심이 가득 찬 일그러진 얼굴이 영상을 보는 것처럼 뇌리를 스쳐 지나갔다.

추수를 얼마 남기지 않고 나는 그 집을 나왔다. 평화스러워 보이는 전원 풍경 속에서도 탐욕의 눈은 번뜩이고 있었다. 나는 더 이상 내려갈 곳도, 잃을 것도, 빼앗길 것도 없다. 선과 악이 따로 있는 것이 아니었다. 어리석은 사람을 보면 속이고 싶고 약한 자를 보면 빼앗고 싶어진다. 여름날 썩은 과일에 날파리 생기듯 잠재된 악이 발동한다. 악인을 미워하기 전에 악인을 만들지 말아야 하지만 약육강식은 자연의 섭리다. 상대적 약자가 있는 한 악은 끝이 없다. 자연은 악과 선도 배분해 놓았다.

나를 한 번도 보지 않고 무섭다고 한 아들은 형이상학적이고, 도회지에서 온 어리석은 사람이라고 생각했다가 일본 역사책을 읽는 것을 보고 깜짝 놀라는 주인은 형이하학적이다. 사실 나를 어리석은 사람이라고 판단한 것은 정확했다. 집에 두꺼운 일본어 역사책이 있는 것을 보니 주인은 일제강점기에 고등교육을 받은 사람 같았다. 평생 쓰지도 않을 돈을 모으기만 하는 수전노는 집착증 환자일까? 정신적 만족감일까? 부모를 닮지 않아 잘생긴 아들은 그 돈을 품위 있게 쓸 것이리라. 가업을 물려받을 사람, 대업을 물려받을 사람이 따로 태어나는 것 같다.

　　저 하늘에 떠도는 구름이 되었는지 물 위에 떠도는 부평초가 되었는지 다시 가방을 둘러메고 신작로 위를 터벅터벅 걷고 있다.

　　주인이 주는 돈을 받지 않으려고 하다가 허풍을 떠는 것 같기도 하고 돈이 적다고 기분이 나빠 받지 않는 것처럼 보일까 봐, 옆에 서 있는 주인아주머니가 무안해 할까 봐 받았다. 액수는 모르지만 사실 그 돈도 아까워하는 것 같아 돌려주고 싶었다. 그래서 그 사람의 욕심에 만족감을 채워주고 싶었다. 지금 돈의 액수를 보니 부산이나 서울까지 갈 차비는 될 것 같았다. 주인이 어떤 사람인지 하루라도 빨리 눈치채고 떠나는 내가 똑똑한 귀신은 못 되도 바보 귀신쯤은 되는 것 같았다.

읍내 터미널에 가서 북쪽으로 가는 버스를 탈까? 남쪽으로 가는 버스를 탈까? 기차를 타려면 청주까지 가야 한다. 또다시 머슴살이할 집을 찾아야 한다.

정처없이 가다가 부잣집으로 보이는 남의 집 대문을 두드려야 하는데 부끄러워서 그 짓을 어떻게 하나, 난감할 뿐이다. 얼마를 걸었을까? 아직 읍내가 보이지 않는다. 주위는 온통 나락이 누렇게 익어 고개를 숙이고 있는 논과 들판뿐이다. 아무런 대책이 없다. 그냥 이대로 끝없이 걷고 싶었다. 읍내 터미널을 향해 막연하게 걷고 있는데 그때 멀리 들판 한가운데 긴 막사와 집 한 채가 보이고 마당에 사람들이 모여있는 모습이 보였다. 무엇하는 곳인가 싶어 가까이 가니 입구에 큰 도사견이 있어 놀래서 멈칫했다. 나는 어릴 때 숨바꼭질하면서 남의 집 대문 뒤에 숨어있다가 개에게 물려봐서 개를 무서워한다. 나를 물은 개의 털을 가위로 잘라 참기름에 볶아서 엉덩이의 물린 상처에 바른 기억 때문에 개만 보면 겁이 난다. 그런데 이상하게도 도사견이 꼬리를 살랑살랑 흔들면서 짖지 않았다. 목줄을 묶어 놓긴 했으나 이 큰 개가 짖으면 얼마나 겁이 날 것인가. 다행히도 개가 짖지 않아 사람들이 모여있는 마당으로 가보니, 가운데 토마토 무더기가 있었고 사람들은 토마토를 고르고 있었다.

　내가 사람들 뒤에 서서 구경하다가 주위를 두리번거리고 있는데 주인으로 보이는 남자가 나를 보고 토마토 하나 먹어보라고 권했다. 나는 토마토 먹을 생각보다 불안한 발걸음을 멈추고 거처를 정할 일에 몰두하고 있었다. 들어올 때 좌측에 돼지 막사가 길게 있고 지금 내가 서 있는 우측으로는 여러 종류의 사과가 주렁주렁 열린 사과밭이 보였다. 토마토 밭에는 발갛게 익은 토마토가 열려 있지 않은 것을 보니 지금 마당에 있는 토마토가 끝물인 것 같았다. 나머지도 모두 밭인데 일부분 배추밭이었다. 마당과 돼지막사 주위에서는 닭들이 제멋대로 돌아다니면서 모이를 쪼고 있었다.

　시골에서는 사방 십 리까지 이웃이라 했는데 멀리 가지 못한 것이 좀 찝찝했지만, 이 농장에 일꾼이 필요할 것 같았다. 사람들이 얼추 가고 난 뒤 주인으로 보이는 남자에게 "혹시 여기 일할 사람이 필요하지 않습니까?"라고 물었더니, 내 말이 끝나자마자 주인의 얼굴에 급 화색이 돌면서 "인연인 것 같네유. 아까 들어올 때 보니까 우리 집 개가 모르는 사람을 보면 사납게 짖는데 댁은 보고는 하나도 안 짖대유"라고 했다. 주인은 웬 낯선 사람들이 들어오나 하고 지켜보았던 모양이었다. 주인은 얼마나 급했는지 대뜸 "새경을 정해야지유"라고 했다. 나는 '새경'이라는 말을 듣고 마치 내가 조선시대의 머슴이 된 것 같았다. 젊은 사람들은 모두 도회지로 나가버리고 일꾼이 귀한 시골이라 환영받는 느낌이 들어 다행이었다. 한 달에 쌀 한 가마니를 기준으로 시세에 따라 정하기로 하고 이런저런 조건을 제시했지만 텅 빈 내 마음은 욕심이 없었으므로 아무것도 따지지 않았다. 일꾼이 귀했기 때문에 성의를 보여주려고 했지만, 굳이 내가 바라는 바는 아니었다. 주인은 서로의 호칭을 "형, 동생"으로 부르자고 했다.

이 농장에는 경운기 한 대와 경운기에 장착해서 사용하는 쟁기와 흙을 잘게 부수는 로터리와 포니 짐차가 한 대 있었다. 농장은 한눈에 다 들어올 정도로 크지는 않았다. 시골이라 땅값이 싸서 수박 한 덩어리면 땅 한 평을 살 수 있다고 했다. 땅값이 싼데 왜 농장을 넓히지 않느냐고 했더니 땅값이 아무리 싸도 시골에는 일할 사람이 없어 농장을 넓히지 못한다고 했다.

며칠 뒤 마당에 서 있는데 농장 입구에 이곳에서는 보기 드문 젊은 여자 네댓 명이 걸어 들어오고 있었다. 행색을 보니 시골 아낙네들 답지 않게 옷차림도 세련되어 보이고 왠 이런 시골에 젊은 여자들이 여럿 몰려다니나 하고 쳐다보고 있다가, 그 중에서 멀리서도 한눈에 확 띄는 미인이 보였다. 이런 시골에 저런 미인이 있다니 시골이 아니라 도회지에서도 보지 못했던 미인이었다. 군계일학이라는 말이 이럴 때 쓰는 말이구나 싶었다. 젊은 여자들을 보니 나의 처지에 본능적으로 약간의 경계심이 들면서 주인 부부를 보고 "저기 농장 입구에 여자들이 여럿 들어오고 있는데 누구입니까?"라고 물었더니 "관사에 사는 장교 부인들이다"라고 말했다. 주인의 말을 듣고 순간 거부감이 느껴졌다. 혹시나 엉뚱한 말을 건네면 상대하기 싫어서 나는 사과밭으로 피했다. 국광, 홍옥, 아오리, 일본에서 개발했다는 신품종 부사, 여러 종류의 사과가 탐스럽게 매달려있었다. 그중에서도 나는 다 익어도 파란 색깔이 변하지 않고 단맛이 진한 아오리를 좋아한다.

여자들이 떠나기를 기다리며 의미 없이 사과를 올려다보고 있는데 뒤에서 "부산에서 오셨다면서요"라는 말이 들렸다. 뒤돌아보니 아까 본 그 군계일학이었다. 가까이서 보니 뽀얀피부에 선하고 포근한 눈을 가진 진짜 미인이었다.

얼떨결에 "아…예…" 하니 "어떻게 부산에서 이런 시골까지 오셨어요. 이 집하고 친척되세요?"라고 물었다. "아니요" 무척 궁금한 모양이었지만 나는 마땅한 말을 찾지 못하고 있었다. 그러는 중에 "여기 혼자 계시지 말고 우리하고 이야기도 하고 마당으로 가세요"라고 했다. 미인을 보니 경계했던 마음이 풀리면서 미인에게 끌려가는 것이 싫지는 않았다.

마당에 오니 여인들은 이런 시골에 웬 젊은 남자가 왔나 싶어 모두 호기심 어린 눈으로 쳐다보았다. 지레짐작으로 경계했던 마음이 모두가 호의를 가지고 나를 보는 것 같아 괜히 머쓱해졌다. 그중에 키가 제일 크고 몸이 마른 여자가 나를 보고 "집이 부산 어디세요?"라고 물었다. "동래 명륜동이요"라고 하자, "나는 온천 입구 위에 오시게인데요"라고 하면서 객지에서 고향 친구를 만난 듯 반가워했다. 오시게는 명륜동과 가깝고 5일장이 섰던 곳이나 지금은 온천 입구에서 온천장으로 들어가는 온천천 둑으로 옮겨졌다.

겨울에는 채소도 없고 과일도 없다. 여자들이 특별히 살 물건이 없는데도 가끔 한번씩 놀러왔다. 나를 보러 오는 것이 아니라 시골이라 마땅히 나들이 갈 곳이 없어 평소에도 늘 어울려 다니는 친한 여자들끼리 모여 이곳으로 놀러 오는 것 같았다. 그래도 천지사방 혼자 외톨이가 된 나에게는 작은 즐거움이었다. 오시게 여자만 부산 사람이고 나머지 모두 전라도 사람들이었다.

군계일학에게 자기 고향이 순천이라는 말을 듣고 아라비아

만과 여수를 오가는 유조선을 타고 있는 친구 규식이의 말이 생각났다. "여수에서 돈 자랑하지 말고 벌교에서 주먹 자랑하지 말고 순천에서 인물 자랑하지 마라"라는 말이 진짜 같았다. 물론 순천 여자 모두 이런 미인은 아닐 테지만….

처음에 경계했던 마음과는 달리 지내고 보니 여자들은 모두 알뜰하고 소박했다. 외부와의 연락도 없고 친구도 없는 고립무원인 나에게 가끔 놀러 와서 말동무도 되어주었다. 여자들이 먼저 스스럼없이 대해주니 나도 경계를 풀고 편안하게 대했다. 가끔가다 서울에서 직장에 다니고 있는 농장주인의 남동생이 와서 나 먹으라고 마당에 방목하고 있는 닭을 잡아 삶아주었다. 순박하게 생긴 그 동생은 나를 무척 따랐다. 농장에 올 때마다 위로가 되었고 고마웠다.

또 한 해가 가고 가을이 왔다. 올해는 토마토 농사를 짓지 않고 배추 농사를 많이 지었다. 배추를 맛있게 만들려고 먼저 거름을 잔뜩 뿌리고 배추가 성장할 때 중간중간에 비료를 뿌려주었다. 그것이 배추를 맛있게 만드는 비결이라고 했다. 그런데 올해는 비가 오지 않아 배추의 성장이 더뎌 크게 자라지 않았다. 지난해에는 이 농장 배추가 맛있다고 읍내에서 많은 사람들이 배추를 사러왔는데 올해에는 가뭄이 들어 수확이 좋지 못했다. 시골 인심이라해도 남의 농사가 잘 못되고 나의 농사가 잘 되어야 돈을 버는데 올해는 이 일대 농가 모두 배추 농사를 망쳤다. 사과밭에는 농약을 쳤지만 벌레 먹고 못생긴 사과가 생기기 마련이다. 그것들은 돼지에게 주고 좋은 것만 골라 시장에 넘겼다. 어느 날 돼지 막사를 청소하고 딱히 바쁜 일도 없고 해서 농장 뒤에 있는 개울을 따라 걸었다. 그 동안 한 번도 농장 주위를 돌아보지 않았었다. 지난 여름밤에 개울에서 등목하다가 쇠파리에게 쏘이고는 두 번 다시 개울에 나가지 않았다. 얼마나 아픈지 쏘여보지 않으면 모른다.

고개를 숙인 채 풀잎을 발로 차며 걷고 있는데 "어디 가노. 들어와서 차 한잔하고 가라"는 말소리가 들렸다. '잘못들었나? 이런 곳에 누가 나를 아는 사람이 있나' 하고 깜짝 놀랐다. 소리 나는 쪽을 쳐다보니 오시게가 둑 아래에서 거실 문을 열어놓고 의자에 앉아 있었다.

처음 내가 이 읍에 오는 도중에 읍내 변두리에 아파트가 있어서 이런 시골에 무슨 아파트가 있는지 궁금했다. 나중에 농장주인과 읍내에 갔다 오다가 물어보았더니, 군부대에 있는 장교들의 관사라고 했다. 그래서 장교관사는 아파트에만 있는 줄 알았지 이런 주택으로 된 관사가 있는 줄도 몰랐다.

브리즈번으로 띄우는 편지

오시게는 나를 부르고는 차를 끓이려고 싱크대 앞으로 갔다. 나는 돼지 똥이 잔뜩 묻은 장화를 내려다보며 대낮에 여자 혼자 있는 집에 들어가야 하나, 들어가지 말아야 하나 하고 머뭇거리고 있었다. 그때 내가 빨리 들어가지 않자, 오시게가 다시 내다보며 머뭇거리고 있는 나를 보고는 "뭐하노. 웃기지 말고 빨리 들어온나"라고 했다. 할 수 없이 식탁 앞에 앉으니 오시게가 커피 두 잔을 들고 내 앞에 앉자마자 "니가 와 여기에 와 있노? 바른대로 말해라" 마치 경찰이 범죄 혐의자 취조하듯이 물었다. 느닷없는 질문에 마땅히 둘러댈 말이 생각나지 않아 커피잔을 들고 소리 없는 헛웃음을 지었다. 곧이어,

"내가 부산에 있는 친구한테 전화해놓을 테니 내려가라. 언제 갈끼고?"

"때가 되면 떠나게 안 되겠나."

라고 했다.

겨울에 돼지가 새끼를 낳으면 전등불로 보온에 온갖 정성을 기울여도 죽는 돼지 새끼가 나온다. 죽은 돼지 새끼는 가마솥에 삶아 개한테 준다. 지난 겨울 어느 날 부엌에서 죽은 돼지 새끼를 가마솥에 넣고 불을 지피고 있는데 여자들이 놀러왔다. 따뜻한 아궁이 주위로 나를 에워싸고 모여앉았다가 군계일학이 "꽃밭에 앉아 있으니 기분이 좋지요"라고 했다. 나는 꽃밭인지 풀밭인지 감지할 정신세계상태가 아니었으므로 표

정 없이 가만히 있었다. 그때 다른 한 여자가 나에게 군계일학을 가리키며 "이 아주머니 참 미인이지요?"라고 했다. 나는 "예. 참! 보기 드문 미인이네요"라고 하자, "이 집 아저씨는 아주머니가 외출 나갔다가 빨리 안 오면 문 앞에서 기다리고 있어요"라고 답했다.

아닌게 아니라 남자가 쪼잔해질 정도로 특출한 미인이라 인정했다. 처녀 시절에 영화감독 눈에 띄었으면 화려한 조명과 뭇 사람들의 시선을 받는 생활 속에 미인박명이 될지도 모르는데 장교부인이 되어 평범한 삶을 사는 것이 오히려 행복일 것으로 생각됐다. 그러던 중에 불을 쬐고 있던 오시게가 나를 보고 "우리집에 놀러와서 차 한잔해라"라고했다. 나는 순간적으로 깜짝 놀라서 "니 누한테 함부로 반말하노" 했더니, "와 어떻노 친구하면 되지 뭐"라고 했다. 그러자 우리들의 말을 듣고 있던 군계일학이 "두 분 나이도 비슷해 보이는데 친구하세요"라며 놀라지도 않고 서먹해지려는 분위기를 차분히 중재했다. 세상 오래 살지 않았지만 별일 다 본다 싶었다. 알고 지낸지도 오래되지 않은 정체불명의 남자에게 여자가 아니 유부녀가 먼저 반말을 하며 "친구하면 되지 뭐"라고 말을 하니 어이가 없고 나를 만만하게 보나 싶기도 했다. 나에게 조신할 필요까진 없지만 이건 파격이라 해도 너무 파격적이었다. 도리어 내가 어안이 벙벙해지면서 아무래도 오시게는 여고 시절에 날라리였을 거라는 생각이 들었다.

그 뒤로 우리 둘은 만날 때마다 말을 터놓고 지냈다. 그런
데 주위 여자들이 오시게의 행동을 조금도 의식하지 않고 당
연한 듯했다. 나 또한 이상하게도 어색하지도 않고 남자친구
처럼 자연스러웠다. 오시게는 내가 만만한 게 아니고 같은 부
산 사람이고 편안하게 느껴져 친구하고 싶었을 것이라고 좋
게 생각했다. 그렇게 생각하지 않고는 별다른 방법이 없긴 했
지만…. 하여튼 오시게는 오늘도 객지에서 만난 의리 있는 고
향 친구처럼 말을 건네왔다.

오시게는 빼빼 마른 몸매에 턱이 뾰족하고 찢어진 눈꼬리가
위로 치켜 올라간 얼굴이다. 그래서 그런지 연정 없는 이성
친구가 가능한 것 같았다.

가을이 깊어 가자, 문득 '헬레나가 지금쯤 한국을 떠날 때
가 되지 않았을까?' 하는 생각이 들었다. 가끔 밭에서 일하다
가 허리를 펴고 하늘을 쳐다보면 허공에 헬레나의 얼굴이 커
다랗게 그려져 있었다. 헬레나는 강원도 강릉의 하늘 아래 있
고 나는 충청도의 하늘 아래에 있다. 같은 한국의 하늘 아래
에 있다는 사실은 아무도 모르는 지금 나만이 마음속에 소중
히 간직하고 있는 비밀이다. 내가 헬레나를 만나지 못하고 평

생 그리워하며 살더라도 헬레나가 영원히 한국에 머물러 있어 주었으면 했다. 머슴이면 어떻고 거지면 어떠랴. 헬레나가 떠나고 나면 실낱같은 그리움마저 없어져 내 마음은 더욱더 허전해질 것이다. 오랫동안 가슴에 담아 두었던 헬레나의 모습이 이제 그리움으로 변해 있었다. 그러나 붙잡을 수가 없어 떠나보내야만 한다. 내가 아무리 누나를 그리워하고 방황을 한다 해도 죽은 누나는 돌아오지 않는 것처럼.

헬레나를 만나고 난 뒤 닥쳐올 이별의 두려움보다 아무것도 할 수 없는 지금의 이 상태가 영원히 지속되기를 바랐다.

브리즈번 시멘스 클럽에서 헬레나가 3년 기한으로 한국에 간다는 말을 들은 게 3년 전이다. 그 후 유럽에 갔다가 3개월 뒤 다시 호주에 왔을 때는 12월 달이었다. 헬레나가 언제쯤 한국을 떠날지 모른다. 아무리 내 처지가 궁색하더라도 이별의 인사는 해야 한다. 자칫 잘못 하다가는 헬레나가 떠나버렸을지 모른다는 생각에 갑자기 서둘러서 강릉으로 출발했다.

17. 강릉에서

헬레나를 만나서 안나를 알다

강릉으로 가는 길은 천둥산 박달재를 지나 제천에서 강릉으로 가는 버스를 갈아타야 한다. 억지로 헬레나에 대한 생각을 하지 않으려고 제천에 올 때까지 무상무념의 상태로 흔들리는 버스에 몸을 맡기고 있었다. 다시 강릉으로 가는 버스를 갈아탔다. 강원도의 산길이 얼마나 험하고 먼지, 군대 생활할 때 귀대길에 춘천에서 2사단이 있는 양구까지, 꼬불꼬불 고개를 넘어 산 아래를 내려다보면 소양강을 따라 굽이굽이 돌아가는, 마음부터 지치는 그 길이 생각났다.

휴가 나올 때는 들뜬 마음에 몰랐는데 귀대할 때는 그 길이 왜 그리 멀고 험한지 두번 다시 휴가를 나오고 싶지 않을 정도로 귀대 길이 지루했다. 다행히도 다음 휴가 때부터는 완공된

소양강댐에서 군용 상륙정을 타고 양구에서 춘천까지 왕래할
수 있었다.

내가 군대에 입대할 때 처음으로 기차를 타고 경상남도를
벗어나 낙동강을 따라 펼쳐지는 풍경을 보았다. 처음으로 보
는 낙동강 풍경이 너무 좋아 나는 휴가를 나올 때마다 고속버
스를 타지 않고 기차를 타고 낙동강 풍경에 취했다. 멀리 산
기슭과 벌판 한가운데 옹기종기 모여있는 초가지붕은 이 세
상에서 가장 착한 사람들만 모여 사는 마을 같았다.

어느 가문의 제실인지 담 넘어 아직 잎이 나지 않아 앙상한
가지의 백일홍나무가 보이는 작고 아담한 기와지붕은 한 폭
의 수묵화 같았다. 산 아래 자락 양지바른 곳에 피어있는 진
달래꽃을 볼 때는 술 담그려고 어머니를 따라 참꽃 따러 다니
던 어린 시절이 생각났다. 또 기차가 달리면서 멀리 주마등처
럼 지나가는 산마루의 굴곡을 보면서 이마, 코, 턱, 사람의 얼
굴을 이어 그렸다.

강가의 백사장과 강바닥에 떠 있는 모래톱을 볼 때는 중학
교 음악 시간에 배웠던 〈엄마야 누나야 강변 살자〉라는 노래
를 떠올렸다.

나는 태곳적부터 한국인으로 태어나도록 예약되어 있었던 것처럼 내 눈에 펼쳐지는 낙동강 풍경이 어머니의 품속처럼 그립고 그리웠다. 기차가 도회지에 진입하려고 속도를 줄이면 나는 내가 본 풍경들이 지워질까 봐 눈을 감는다.

어느 날 미국에서, 소나무 숲이 우거진 골짜기 사이로 흐르는 시냇물이 보고 싶어 멀리 산을 보고 무작정 걸었다. 아무리 걸어도 소나무 숲도 골짜기의 시냇물도 나타나지 않았다. 몽유병 환자처럼 얼마나 걸었는지 갑자기 땅거미가 지고 주위가 어둑해졌다. 주위를 돌아보니 황량한 언덕 위에 희끗희끗한 바위만 보이고 산은 낮에 본 그대로 멀리 있었다.

"저 산은 로키산맥인가?" 하고 황량한 주위를 돌아보니 서부 영화 〈황야의 무법자〉에서 클린트 이스트우드가 망토를 걸치고 게슴츠레한 눈으로 시가를 질겅질겅 씹으며 엔니오 모리꼬네(Ennio Morricone)의 배경음악이 흐르면서 악당들과 한판 대결을 벌이려고 말을 타고 뚜벅뚜벅 나타날 것만 같았다. 나는 돌아갈 길을 생각하니 덜컥 겁이 났다. '여기가 어디쯤일까?' 하고…. 미국 어디에서도 한국과 같은 풍경은 없었다.

지금 달리는 차창 밖에 소나무숲 사이로 여울져 흐르는 강물이 햇빛에 반짝이지만 이제는 그저 이별을 앞둔 초조한 한 남자의 망막을 의미 없이 스칠 뿐이다. 멀고 먼 강원도의 험한 길을 따라 흔들리는 버스에 몸을 맡기고 이별 후 감당키 두려운 시간이 점점 가까워져 온다고 생각하니 버스를 탄 채 이대로 우주 공간으로 사라지고 싶었다.

누나의 죽음에 방황했다. 누나가 얼마나 아팠을까? 얼마나 외로웠을까? 그동안 배를 타고 외국으로 돌아다닌 시간에 대한 죄책감에서 벗어나지 못했다. 나를 학대한 것이 아니고 내가 덜 괴롭고 내 마음 편한 대로 살았다. 나에게 무슨 일이 있었던 내 개인의 일이고 3년 동안 헬레나를 찾아가지 않은 것은 너무 미안한 일이었다. 혹시나 헬레나가 3년 동안 찾아가지 않은 나를 아직 기다리고 있을까?

아마 처음엔 부모의 말을 듣고 기다렸을지 모른다. 부모의 말이 아니더라도 시멘스 클럽에서 나를 잠깐 보았을 때 헬레나도 나처럼 좋은 인상을 느꼈을까? 아니면 헬레나는 내게 아무런 감정이 생기지 않았을 수 있고 그런데다 3년이 지난 지금은 나라는 존재를 까맣게 잊어버리고 있는데 나 혼자 그리워하고 나 혼자 감상에 젖은 망상을 하고 있다는 생각이 들었다. 헬레나는 나를 까맣게 잊고 있다가 웬 모르는 한국 남자가 자기를 찾아왔나 하고 의아해 할지 모른다. 그렇지 않으면 헬레나가 3년 전의 기억은 있지만, 지금은 마음의 정리를 하고 나를 모르는 사람처럼 대할지 모른다. 그렇더라도 당연하게 받아들여야 한다. 그리움이 허물어지는 슬픔이 울컥 솟아올라도 사무적인 만남으로 냉정히 돌아서야 한다. 헤어지고 나서 마음속으로 울더라도 그 어떤 미련도 비루하고 초라한 모습을 보이지 않아야 한다. 외롭다고 그리움을 구걸해서는 안 된다. 헬레나가 나 아닌 다른 좋은 사람 만나 행복하게 되기를 바라는 위선의 말도 생각하기 싫다. 나는 아무것도 감당할 수 없는 초라한 인간일 뿐이기 때문에 스쳐 지나가고 싶다.

나는 흔들리는 마음을 다잡기 위해 담담한 이별의 말도 마음속으로 준비해 놓았다. 아마 그 말은 겉으로는 담담한 척하지만 마음속으로는 눈물을 흘리는 더 할 수 없는 비참한 위선의 말일 것이다.

나의 속마음은 차라리 바보가 되어 머슴이든 거지든 헬레나와 같이 살고 싶고 붙잡고 싶었다. 그러나 헛된 공상일 뿐이다. 그럴 용기도 없다. 헬레나는 3년 동안 한국에서 무엇을 보고 어떤 생각을 하면서 지냈을까? 차별이란 인간 세상 어디에

나 있는 것이겠지만 한국 사람만큼 인종차별, 인간차별을 많이 하는 사람은 없는 것 같았다. 피부가 좀 검다고 차별하고 가난하다고 차별하고 옷이 남루하다고 차별하고 직책이 낮다고 차별하고 공부 못한다고 차별하고 얼굴 못생겼다고 차별하고 온통 차별 천국이다.

내가 세상을 돌아본 경험과 피부 색깔에 대한 한국인들의 의식 세계를 상상해 보았다.

백인이 길을 가다 한 소년에게 길을 물어보았다. 소년은 힐끗 보더니 도망을 갔다. 왜 도망을 갔느냐고 물어보니 소년은 "영어를 못 해서"라고 했다. 한국에서 한국 사람이 영어를 못 하는데 왜 도망을 갔을까? 흑인이 길을 물으니 또 도망을 갔다. 검은 피부가 무서워서 도망을 갔을까? 이번에는 피부가 까무잡잡한 동남아인이 길을 물었다. 소년은 힐끗 쳐다보고 도망도 안 가고 대답도 안 했다. 그냥 무시해 버렸다.

어느 해 귀국길에 김포공항에서 공항 직원이 구릿빛 나는 검은 피부의 한국 방문객에게 한국말을 알아듣지 못할 것으로 생각하고 무례하게 반말로 말했다. 나는 그것을 보고 쥐구멍에 숨고 싶었다. 피부와 골격을 보니 중동 지방 사람 같았다.

한국을 방문한 백인들이 한국은 경치가 아름답고 예의 바르며 친절한 나라라고 칭송을 하고 떠난다. 한국을 방문한 흑인이 한국이 아름답다거나 예의 바르며 친절하다고 칭송하는 것을 한 번도 들어본 적이 없다. 솔직히 TV에 게스트로 나온 것을 본 적이 없다. 아마 검은 피부를 가진 사람들은 모두 불쾌한 기분으로 한국을 떠났을 것이라 생각된다.

3년 동안 헬레나는 백인이라서 인종차별과 인간차별을 받지 않고 과잉친절을 받았을지 모른다. 강릉에 도착해서 물어 물어 외국인이 운영하는 진료원을 찾았다. 나는 진료원 앞에 서서 잠시 북받치는 마음을 진정시키려고 진료원의 간판을 물끄러미 쳐다보았다. (간판에 적힌 진료원 이름을 지금 기억하지 못 한다)

'왜 여기 강릉에 서양인이 운영하는 진료원이 있을까?' 확실하게는 모르지만 아마 한국동란 때 전투병력과 의료지원을 보냈던 호주가 전쟁이 끝난 뒤에도 열악한 한국의 의료사정 때문에 의료지원단을 그대로 한국에 남겨 지금까지 운영해오고 있는 시설이 아닌가 생각됐다.

언젠가 부산 남구 대연동에 있는 유엔기념공원에 가서 6.25전쟁 때 전사한 유엔군 병사들의 묘지를 둘러보다가 묘

비에 적힌 병사의 어린 나이를 보고 나도 모르게 발걸음을 멈추고 묵념을 했던 기억이 있는데 아마 호주 병사의 묘지인 것 같았다.

진료원의 간판을 물끄러미 쳐다보다가 지체하면 지체할수록 착잡한 마음만 들 뿐이어서 로비 문을 열고 들어가니 마침 로비 안쪽에 간호복을 입은 서양 여자가 지나가고 있었다. 그 여자에게 다가가 "말씀 좀 묻겠습니다. 혹시 여기에 헬레나 양이 근무하고 있습니까?" 하고 물었더니 백인 간호원은 순간 의심의 눈으로 쳐다보며,

"어떻게… 헬레나를 알고 계세요?"
"호주에 있는 헬레나 양의 집에서 오랫동안 이야기하고 왔어요."

나는 의심과 경계의 눈길도 싫었지만, 헬레나 양에게 잘못된 오해를 줄까봐 얼른 이해를 시켜주고 싶었다. 서양인 간호원은 금방 밝은 표정으로 바뀌면서 "아! 예…. 오늘은 외출 나가고 없어요. 언제 돌아올지 모르는데 내일 다시 와주시겠어요? 내가 헬레나에게 이야기해 놓을게요"라고 능숙한 한국어로 말했다. 순간 가슴 태우는 두려운 시간이 뒤로 미루어진다는 것이 싫었지만 어쩔 수 없었다. 오늘 만나고 오늘 떠나고

싶었다. 도리가 없다. 강릉에 온 김에 시간도 보낼 겸 버스를 타고 먼저 오죽헌으로 갔다. 머릿속에는 이별 후에 닥쳐올 두려움이 꽉 차 있어 발걸음이 우울하고 무거웠다.

신사임당이 이율곡을 낳은 산실과 오죽헌 경내를 한 바퀴 둘러보고 나와서 경포대로 갔다. 백사장 넘어 출렁이는 파도를 보면서도 백사장 위로 올라가지는 않았다. 헬레나의 가족을 만나고 일본으로 가는 항해 중에 헬레나가 나를 싫어하지 않는다면 헬레나와 손잡고 얼굴을 마주 보며 경포대 바닷가 모래 위를 나란히 거니는 상상을 했다.

헬레나를 떠나보내면 이 세상 어디에서 헬레나와 똑같은 여자를 만날 수 있을까? 경포대 백사장에 올라가 허망한 꿈을 되새기고 싶지 않았다.

시내로 돌아와 어슬렁거리며 거리를 걷다가 작은 이동식 판매대 위에 낯선 음식을 구워 파는 청년을 한참 쳐다보았다. 이곳저곳 발걸음을 옮기다 보니 날이 어두워졌다. 어느 가게 쇼윈도우 앞에서 발걸음을 멈추고 가게 안의 TV를 한참 쳐다보았다. TV에서는 가수 현인이 특유의 목젖 떨리는 목소리로 〈신라의 달밤〉을 불렀고 뒤이어 희극배우 김희갑이 〈가거라 삼팔선〉을 부르는 모습을 우두커니 서서 보았다. (그 뒤로는 지

금 아무것도 기억나지 않는다)

　다음날 아침 일찍 찾아 가는 것이 실례가 될 것 같아 조금
늦게 의료원으로 갔다. 로비 문을 열고 들어가니 어제 그 장
소에 그 서양인 간호원이 지나가고 있었다. 내가 다가가니 나
를 알아보았다.

"지금 헬레나 양이 있습니까?"
"아! 네 헬레나가 지금 저기… 위층에…" 하고 손으로 위층
을 가리키며 나를 안내하려고 할 때 내가 위층을 쳐다보니, 올
라가는 계단 끝 발코니에 헬레나가 서 있었다.

　'아! 헬레나구나' 하고 3년 만에 헬레나를 보니 가슴이 벅찼
다. 그런데 순간 놀라웠다. 3년 전 시멘스 클럽에서 만났던 헬
레나는 통통한 몸매와 후덕한 얼굴이었는데 지금 바지와 스
웨터를 입고 있는 헬레나의 모습은 날씬한 몸매와 갸름한 얼
굴로 바뀌어 있었다. 기다리고 있었던 모양으로 나를 보고 계
단을 내려오고 있었다. 내가 먼저 계단을 올라갔다. 헬레나가
나를 안내해 탁자 앞에 앉았다. 실내는 싱크대와 탁자가 있
는 것을 보니 평소에 업무 중에 차를 한잔하고 쉬는 공간 같았
다. 헬레나는 앉지 않고 싱크대 앞으로 가서 커피포트에 물을
받으며 말했다.

"아버지 어머니가 한국에 왔다 갔어요. 길을 잘못 찾아 포천으로 갔다가 겨우 강릉으로 다시 찾아 왔어요."

"포천으로요."

'경기도 포천과 강원도 강릉은 거리가 먼데 프레데릭 부부가 한국말을 몰라 길을 헤매고 고생을 많이 했겠구나' 하는 생각이 들었지만 헬레나를 잠시 만나고 떠나려 했던 나는 프레데릭 부부가 한국을 방문했다는 말을 듣고 무슨 의미로 받아들여야 하나, 무슨 말을 해야 하나 하고 오직 오늘 헬레나를 만나고 떠나야 한다는 생각만 머릿속에 꽉 차 있어서 다른 말이 나오지 않았다.

나와는 관계없이 오랫동안 외국에 나가 있는 딸을 만나러 왔을 것이라고 편리한 대로 생각했다. 헬레나의 한국말은 외국인의 서툰 발음이 아니라 능숙한 한국말이었고, 한국말을 하는 헬레나의 목소리가 예쁘게 들렸다.

"차 한잔하시겠어요?"라고 헬레나가 말했다. "아니요"라고 했더니 헬레나는 커피포트에 받았던 물을 부어 버리고 내 앞에 앉았다. 나는 커피를 마시면 밤에 잠이 잘 오지 않아 평소에 커피를 잘 마시지 않는다. 그래서 나도 모르게 엉겁결에 나온 말이었다.

커피 한잔해도 되는데 칼같이 '아니요.'라고 말한 것이 미안했다.

헬레나는 내 앞에 앉자마자, "우리 언니예요."라고 말했다. 나는 무슨 말인가? 하면서 헬레나가 말하는 '우리 언니'라는 한국어 특유의 관습어가 신기했다.
또다시 "우리 언니예요…. 이름은 안나…. 예쁜… 언니가 찾고 있어요."

헬레나는 내 이름을 모르니 눈으로 나를 가리키며 말했다. 헬레나뿐 아니라 헬레나 가족 모두 내 이름을 모른다. 이상하게 짧은 말속에서도 무슨 상황인지 알 수 있었다. 그렇지만 이별하고 떠나야 한다는 강박감에 놀라지도 못하고 어리둥절했다.

'아! 여동생인 줄 알았던 예쁜 아가씨가 언니였구나, 그 예쁜 여동생이 언니였고 나를 찾고 있다고 이름이 안나라고…. 여동생이 참 예쁘구나' 하고 어린 소녀라고만 생각하고 관심을 두지 않았던 그 아가씨가 동생이 아니고 언니라고 생각하니 내 마음속에서 미혹에 빠질 만큼 예쁜 여자로 변했다. 나를 찾고 있다 하니 순간적으로 욕심이 일어나면서 안나의 예쁜 얼굴을 떠올려 보았다. 3년 동안 한 번도 생각해 본 적이 없어서인지 갑자기 생각하니 무척 예뻤다는 기억은 있는데 얼굴이 뚜렷하게 떠오르지 않았다. 다음 순간 양심을 심판받는 기분이 들었다. 3년 동안 그리워하던 여자 앞에서 다른 여자 아니 헬레나의 예쁜 언니가 나를 찾는다고 하니 '지금 이 순간 눈 질끈 감고 양심을 속여라. 양심을 속이고도 남을 만큼 예쁜 여자에게 굴복하라'라고 시험당하는 것 같았다. 헬레나와 이별을 결심하고 왔다가 예쁜 언니가 나를 찾는다고 하니 마음이 흔들렸다. 그러나 지금의 처지가 안나든 헬레나든 떠나야만 한다. 헬레나가 마음에 들지 않거나 예쁘지 않아서 찾아오지 않은 것이 아니었다.

내가 찾아온 사람은 헬레나 당신이다. '왜 헬레나 당신이 나를 기다리지 않았냐'고 마음속으로 말하고 헬레나의 얼굴을 쳐다보았다. 헬레나는 언니의 말을 전해 주었으니 자기의 임무는 끝났다고 생각하는지 나의 눈길을 피하고 고개를 숙이고 있었다. 내가 지조를 지키려고 하는 것이 아니고 3년 동안 그리워하던 헬레나의 얼굴에는 빛이나고 있었고 내 앞에서 고개를 숙이고 있는 모습이 너무 예뻤다.

'아! 차라리 당신이 나를 기다리고 있었으면 머슴이든 거지든 온갖 초라하고 궁색한 처지를 안고 당신을 붙잡았을 텐데…'라는 뒤늦은 생각이 들었다.

이제 언니 안나가 나를 찾고 있다는 말을 들은 이상, 내가 3년 동안 헬레나를 그리워했다고 고백할 수도 없다. 떠나더라도 내가 당신을 그리워했다고 마음속만이라도 전해주고 싶었는데….

나는 이 곤란한 상황이 순간순간 양심을 고문당하는 시간 같아 빨리 자리를 뜨고 싶었다.

"언제쯤 호주로 돌아가나요?" 하고 떠날 순서를 차리느라 의례적으로 물었다.

헬레나는 남은 일정을 자세히 성의껏 설명하는데 물어본 나는 이제 떠나면 두번 다시 헬레나 앞에 나타나지 말아야 한다고 마음을 다지고 있었다. 그래서 헬레나의 말이 귀에 들어오지 않으면서 듣고 있는 표정만 짓고 있었다. 그것도 모르고 열심히 설명하고 있는 헬레나에게 울고 싶을 만큼 미안했다. 아무것도 모르고 밝은 표정으로 일정을 설명하는 예쁜 헬레나의 모습을 보며 내가 지금 금남의 집에 오래 머무는 것이 헬레나에게 실례가 될 것 같기도 하고, 내 앞에 붙잡지도 못하고 떠나보내야만 하는…, 앉아 있는 예쁜 헬레나를 보고 있는 이 괴로운 시간을 줄이고 싶어 헬레나의 말이 멈추자 나는 준비해 두었던 이별의 말을 했다.

브리즈번으로 띄우는 편지

"헬레나 양이 한국에서 생활하는 동안 좋은 추억은 오래 기억하고 나쁜 기억은 빨리 잊어버리고 떠나세요"라고 말하고 일어섰다. 그냥 뒤돌아 설 수 없어 종이를 달라고 해서 나의 집 주소를 적어 주었다.

Busan City, DongRae-Gu, MyeongRyun-Dong, 533Bunji

— Jo Yong Tae

집을 떠난 지 3년이 되었고 누나가 없는 집에 돌아가기 싫었다. 마음이 초조하고 불안해서인지 초등학교 1학년 글씨로 적어 주었다. 뒤돌아서는 순간 이제 이렇게 떠나면 다시는 헬레나를 볼 수 없다는 생각에 한 발짝 한 발짝이 낭떠러지를 향해 가는 기분이었다.

계단을 내려오면서 헬레나에 대한 마음의 그리움을 떨쳐 버리지 못하고 한 발짝 뒤따라오는 헬레나에게 "아버지 어머니가 헬레나 양을 만나보라고 했어요."라고 말하고 계단을 마저 내려오면서 고개를 돌려보니 헬레나는 수줍은 미소지으며 고개를 숙였다.

그 모습이 너무 예뻤다. 그러나 절대 하지 말아야 할 비겁한 말을 기어코 하고 말았다. 내가 지은 죄가 너무 커서 헬레나와 내가 이 세상에서는 부부가 되지 못하고 그리워하던 헬레나의 얼굴을 잠시 보고 간수에게 끌려 다시 철창만으로 들어가는 죄수 같았다.

수줍은 미소를 지으며 고개를 숙이고 따라오는 예쁜 헬레나의 얼굴을 다시 한번 더 보고 싶었지만 불안하고 초라한 내 모습이 들킬까 봐 뒤돌아보지 못했다. 철창 안으로 들어가며 '철커덩' 하고 문이 닫히는 소리가 들리는 것 같았다. 차마 한 번 더 뒤돌아보지 못하고 육신은 걷고 있지만 넋이 나간 상태였다. 로비문을 나설 때나 돌아오는 길에는 무슨 생각을 하면서 왔는지 아무것도 기억나지 않고 다음날 농장 마당에 서 있었다.

'우리 언니예요. 이름은 안나… 예쁜… 언니가 찾고 있어요.'라는 헬레나의 말은 마치 환청을 들은 경험 같았다.

예쁜 그 여동생이 언니였고 지금 나를 찾고 있다는 말을 듣고 꿈에도 예상할 수 없었던 상황에 얼마나 당황했는지, 이별을 하고 떠나야 한다는 강박감에 헬레나를 찾아 한국까지 방문한 헬레나의 부모에 대한 안부의 말도 전하지 못했다.

물론 국제전화로 수시로 서로의 안부를 묻고 지냈을 것이지만 프레데릭 부부가 한국에 왔을 때 헬레나에게 내가 찾아오지 않았느냐고, 오랫동안 찾아오지 않은 나에 대해 궁금했을 것이다. 그리고 언니 안나가 나를 찾고 있다는 말도 전했을 것이다. 그런데도 동생인 줄만 알았던 안나가 언니라는 말에 놀라지 않았고 나를 찾고 있다는 안나에 대해서도 조금도 궁금해하지 않았고 아무것도 묻지 않았다. 가슴 아프고 미안했다.

내가 헬레나에게 적어준 주소는 곧바로 휴지가 되었을 것이다. 떠나면 그냥 떠나야 할 것을 내가 헬레나에게 "아버지 어머니가 헬레나 양을 만나보라고 했어요"라고 한 말은 안나에게 지울 수 없는 참담한 말이 되었을 것이다. 용기 없는 자의 비겁한 말이라고 생각되었지만, 이제 모든 일은 되돌릴 수 없는 시간이라는 것을 스스로 알고 미련을 두지 않기로 했다.

가슴 아픈 혈육의 죽음은 신이 보석을 맡겨놓았다가 찾아가는 것이라 했다. (탈무드)

어찌 누나의 죽음을 보석에 비유할 수가 있나. 내가 아무리 누나를 그리워해도 죽은 누나는 돌아오지 않는다. 어린아이 같은 영혼을 지닌 누나의 얼굴을 떠올릴 때마다 '왜 누나는 이 세상에서 나와 형제로 만나 먼저 죽고는 이토록 가슴을 아프게 할까? 내가 죽고 누나가 살았으면…' 하는 생각이 들었다. 불쌍하고 가련한 누나의 삶을 생각하니 텅 빈 내 마음은 무엇으로도 채울 수 없다. 아무 희망도 목적도 없이 이대로 방황하며 살고 싶다.

헬레나를 만나고 온 뒤 두 달쯤 지났을 때, 지금쯤 헬레나가 호주로 돌아가 가족과 재회했을 것으로 생각했다. 헬레나가 없는 한국의 하늘은 나를 더욱더 황량하게 했다. 겨울이 왔을 때 나는 그 농장을 떠났다.

비바람이 몰아치는 황량한 벌판에 길을 잃고 홀로 서 있는 가련한 소녀를 만나 부둥켜안고 꺼이꺼이 울며 움막을 짓고 풀뿌리 캐어 먹고 살고 싶다. 그 풀뿌리는 내가 캐어 와야 한다.

18. 다시 바다로 나가다

처음 승선하여 악연을 만났던 라스코 해운회사에 재입사하다

헬레나와 이별 후, 잠시 둘러보러 간 서울에 있는 셋째 누나 집에 머물다가 자형이 친구 동생이 부산에서 선급협회 소장으로 있다고 하면서 소개장을 써 주었다. 선급협회 소장이 소개해준 회사는 공교롭게도 조기장 폭행으로 악연이 있는 라스코해운회사였다. 잠시 망설여졌지만, 범양 해운회사에도 승선해 보았지만 폭행전과가 있는 사람은 선원수첩에 기록된 이력을 보고 서로 연락을 하므로 다른 회사에 가도 마찬가지였다. 하찮은 보통선원 한 사람 도태시키는데 빈틈이 없었다.

나는 예전에 같은 배를 타면서 친했던 동료 선원들을 만나면 반가울 것이라 생각하고 라스코해운에 다시 입사했다.

19. 미국 에버딘에서

나의 이별 이야기를 듣고 슬피 우는 여인을 만나다

언제나처럼 타번에 들어가 동료들은 당구를 치고 나는 피처 잔을 앞에 놓고 미련스럽게도 그리움의 잔영을 떨쳐 버리지 못하고 벽을 응시하며 헬레나의 얼굴을 떠올렸다. 미국과 캐나다. 유럽과 남아메리카를 돌아다녀 보아도 헬레나를 닮은 여자는 보지 못했다.

'이렇게 또다시 배를 타고 망망대해를 돌아다닐 것이었으면…' 하고 헬레나의 얼굴을 그리고 있는데 안나의 얼굴이 겹쳐졌다. 멍하게 앞의 벽면을 응시하고 있는데 누가 뒤에서 내 어깨를 톡톡 쳤다. 돌아보니 핫팬츠 차림에 한 손은 목발을 짚고 한 손에는 콜라잔을 들고 있었다.

노란 머리에 말총머리를 한 여인은 "옆에 앉아도 되느냐?"
고 물었다.

　여인은 옆에 앉더니 내가 묻지도 않았는데 높은 선반에서
무거운 물건을 내리다가 발등을 다쳤다고 하면서 깁스를 한
발을 가리켰다. 그리고는 "조금 전에 무엇을 그리 골똘하게
생각하고 있었느냐?"고 나의 모습을 흉내내며 물었다. 나는
호주 브리즈번에서 만났던 헬레나를 3년 뒤, 간호원으로 일하
고 있던 한국 강릉의 진료원에서 다시 만나 여동생인 줄 알았
던 안나의 말을 전해 들은 이야기를 앞만 보고 토막 영어로 주
저리주저리 얘기하고 마지막에 "지금은 이렇게 혼자가 되어
떠돌고 있다"라고 했다.

　처음 보았을 때 헬레나를 닮지 않았다는 것을 알고 있는데
도 간절한 마음에 혹시 이 여인이 헬레나를 닮은 얼굴로 바뀌
지 않았을까 하고 옆을 보았다. 그런데 가만히 앞만 응시하고
있는 여인의 눈에서 눈물이 흐르고 있었다. 예상치 못한 상황
에서 당황할 틈도 없이 여인은 "흐흐흑" 하며 어깨를 움츠리
며 흐느껴 울었다.

　당황한 나는 여인이 우는 것보다 '홀 안에 있는 동료들과 미
국 사람들이 이 상황을 어떻게 보고 있을까?' 하는 것이 더 나

를 곤혹스럽게 했다. 어떻게 대처해야 할지 몰라 꿀 먹은 벙어리처럼 앉아 있으니 여인은 콜라잔을 들고 좀 멀리 떨어진 곳으로 자리를 옮겨 앉더니 이번에는 탁자에 엎드려 어깨를 들썩이며, 서럽게 울었다. 여인은 슬피 우는 와중에도 내가 난처해 할까 봐 나와 떨어져 주는 배려를 한 것 같았다.

이 무슨 난감한 상황인가? 여인이 잠시 울다가 그칠 줄 알았는데 계속 흐느끼며 울고 있었다. 나는 어색하기도 하고 민망하기도 하여 뒷머리만 뾰족이 세운 채 아무런 대책 없이 앉아 있었다. 그러던 중 한국의 공무원처럼 가르마를 깔끔하게 가르고 하얀 셔츠와 반듯하게 주름 잡은 바지를 말끔하게 차려 입은 남자가 당구봉을 든 채 울고 있는 여인에게로 다가가 말을 걸었다. 나는 '휴 다행이다' 하고 이 어색한 상황이 빨리 끝나기를 바라면서 남자의 행동을 주시했다. 남편인지 남자친구인지는 몰라도 아마 집으로 가자고 권하는 것 같았다. 나는 조금 안심이 되는 것 같았으나 곧 다시 마음을 졸였다. 여인은 엎드린 채 몸을 흔들어 거부하며 계속 울고 있었다. 남자가 한 번 더 말을 걸어 보았지만 여인은 더욱더 거칠게 거부했다. 남자는 화를 참고 혼자서 짧은 외마디를 지르고 몸을 부르르 떨더니 가버렸다.

아마 부부인지 동거하는 애인인지는 모르겠지만 내가 미안해야 하는지 책임이 있는지 없는지 종잡을 수가 없었다. 다만 문명국에 와서 문명인을 만나서 다행이다 싶었다. 만약 앞뒤 사정도 모르고 애인이 내게로 와서 화를 내거나 주먹을 휘두르면 나는 뭐라고 변명을 해야 하나? 미국 사람들이 다 그런 것은 아니겠지만, 개인의 프라이버시를 존중하는 사회라서 다행이다 싶었다.

나는 민망함에 홀 안에 있는 미국 사람들과 동료 선원들이 이 광경을 어떻게 보고 있는가 하고 동정이 궁금했지만 뒤도 돌아보지 못하고 마음만 졸이며 한참 동안 앉아 있으니 여인은 울음이 그치지 않은 상태로 비틀거리며 일어섰다. 나의 이별 이야기를 듣고 어깨를 들썩이며 슬피 울던 여인이 비틀거리며 일어서는데 가만히 보고만 있을 수 없어 가까이 갔지만 몸에 손을 댈 수가 없어 바깥으로 나가는 동안 엉거주춤 배웅했다.

여인은 아직까지 슬픔의 여운이 가시지 않았는지 훌쩍거리며 목발을 차 안으로 넣고 지프(JEEP) 형의 승용차를 타고 떠났다. 미국 사람들은 타인의 문제에 대해서 이성적이고 객관적이어서 나의 이야기를 담담하게 듣고 흘러버릴 것이라고 생각했는데 뜻밖에 이렇게 흐느껴 우는 여인을 보고 이 세상에서 누가 나의 이별 이야기를 듣고 울어줄 사람이 또 있을까 싶었다. 나와는 무슨 인연이었을까? 신기한 만남이라서 늘 잊혀지지 않았다.

브리즈번으로 띄우는 편지

20. 부산대학교 앞에서

그리운 얼굴, 경문이와 진석이와의 추억

오늘도 안락동에 있는 마을버스 회사에서 오전반 일이 끝나고 안나 생각에 파묻혀 발길 닿는 대로 걷다 보니 어느덧 부산대학교 앞에 와 있었다.

　10년 전, 한일 월드컵이 열렸다.

　시내버스 오후반을 마치고 집으로 들어오니 부산대학교에서 들려오는 함성 소리에 이끌려 나는 가족을 데리고 부산대학교 본관 앞 운동장으로 갔다. 그날은 한국과 이탈리아가 16강 전이 있던 날이었다. 후반전 설기현 선수의 동점골로 시합은 연장전으로 이어졌다. 페널티킥을 실축한 안정환이 경기 내내 미안함 때문에 지옥에서 허우적거리다가 골든골을 넣고 기자들의 카메라 앞에 드러누워 버렸다. 밖으로 나오니 홍분한 청년들이 시내버스 지붕으로 올라갔다. 다행히 청년들이 지붕에서 내려올 때까지 버스는 움직이지 않았다. 오토바이를 탄 청년이 괴성을 지르면서 지나갔다. 그 소리는 사람의 목소리가 아니었다. 10년이 지난 지금도 그 소리가 생생하다. 축구 국가대표팀 감독 거스 히딩크는 누구일까? 17세기 폐쇄된 조선에 억류되었다가 탈출한 하멜이 아닐까?

집으로 가는 골목길에서 사람들이 돗자리를 펴놓고 맥주를 마시고 있었다. "맥주 한잔하이소"라고 했다. 너무 생소해서 안 마시고 지나쳤더니 화를 내었다. 서로 경계를 풀고 아련히 잃어버렸던 이웃과의 인심이 되살아나는 것 같았다. 너무 기쁘면 질서를 어기기도 하고 놀라울 정도로 질서를 잘 지키기도 하고 마음의 문이 열리기도 한다.

무슨 볼일이 있어서 온 것이 아니라서 거리를 서성거리다가 이곳에 온 김에 학교 정문 옆 백화점 안에 있는 책방에 들어갔다. 책을 안 본 지 오래되어서 그런지 책방 안 분위기가 새삼스러웠다. 이리 기웃 저리 기웃거리다 보니 이문열 작가의 『사람의 아들』과 이외수 작가의 『벽오금학도』가 나란히 꽂혀 있었다.

이외수 작가의 소설을 읽으면 내가 선과 악, 정의와 불의를 관조하는 신선이 되어 구름을 타고 하늘을 둥둥 떠다니는 기분이 든다. 지금은 소설의 제목을 잊어버렸지만 젊은 날 내가 읽어본 소설 내용 중에 어느 날 가렴주구를 일삼던 고을 원님이 대청마루 앞에서 갑자기 '윽' 하고 쓰러져 죽었는데 외관상 아무 흔적이 없어 어찌 죽었는지 알 수가 없었다. 알고 보니 바늘처럼 가느다란 독침이 원님의 머리를 뚫고 들어갔다. 그때의 소설 내용이 가끔 생각나면 내가 정신연령이 뒤로 후퇴했는지 60세가 넘은 지금도 악인을 향해 쥐도 새도 모르게 독침을 날릴 수 있는 능력자가 되었으면 하는 꿈을 꾼다. 거대한 악 앞에 절망스러울 때는 돈키호테가 되었다가 때로는『인간시장』의 주인공인 장총찬이 되어 보기도 한다.

80년대 국민이 얼마나 오랫동안 정의에 굶주렸으면 평생 소설책 한 권 읽어 보지 않았다는 사람이 『인간시장』 20권을 다 읽어 보았다고 했다. 김홍신 작가는 악인이라고 해서 사람을 무지막지하게 두들겨 패지 않는다. '탁' 하면 '윽' 하고 쓰러졌다.

악이 소멸하면 지구의 종말이 당겨질까 봐 그러는지 언제나 선과 악은 우세와 열세를 거듭하며 공존하고 있다. 자연의 섭리인가? 이외수 작가의 「저 하늘에 떠도는 구름은 거처가 없다」 라는 짧은 시는 내가 충청도에서 머슴살이하며 떠돌아다닐 때를 콕 집어 말하는 것 같았다. 이외수 작가의 쭈글쭈글

한 얼굴을 보면 못생긴 것 같기도 하고 오똑한 코를 보면 잘생긴 것 같기도 하다. 치렁치렁하게 늘어뜨린 긴 머리를 보면 거지 같기도 하고 도인 같기도 하다. 젊은 날 나도 글재주가 있어서 글 쓰는 거지가 되었으면 얼마나 멋있을까 하고 혼자 뜬구름 잡는 헛된 공상을 해본 적이 있다.

33년 전 호주에서 유럽으로 가면서 인도양을 건널 때, 『사람의 아들』과 함께 읽었던 김성동 작가의 『만다라』가 어디 있나 하고 찾아 보았지만 보이지 않았다. 하! 시절이 수상하던 80년 봄 부산대학교 구 정문 옆 하숙집에서 누나의 죽음에 텅 빈 가슴을 안고 경문이와 진석이를 만났던 때가 벌써 32년이 지났다. 생면부지 처음 만난 내가 얼마나 측은하게 보였으면 누구인지도 모르고 나에게 무슨 사연이 있는 줄도 모르면서 나를 위로해주려고 『사람의 아들』과 『만다라』를 읽은 이야기, 음악 이야기, 타인에게 쉽게 할 수 없는 가족사 이야기를 해주던 정말 고마운 친구들이 부산대학교 근처를 지날 때마다 생각이 났다.

지금은 어디에서 무엇을 하며 지내고 있을까?. 존 덴버의 〈Take Me Home Country Roads〉를 좋아했던 경문이와 김지하 시인의 『오적』을 좋아한다던 진석이는 무사히 대학을 마치고 그토록 부러워하던 선진국이 된 한국의 중산층이 되어

어디에선가 아들 딸 낳고 넉넉한 삶을 누리고 있으리라 생각
된다.

학비 때문에 학업을 그만둘까 고민하던 진석이의 얼굴을 차
마 똑바로 바라보지 못하고 헤어지던 마음과 형님. '꼭 다시
만납시다' 하면서 주소를 적어주던 경문이와 진석이는 살아가
는 내내 잊혀지지 않을 그리운 얼굴들이다.

24. 회상
죽음이 갈라놓은 슬픔보다 살아있는 이별이 그래도 덜 슬픈 것 같다

어느 날 집에서 TV 채널을 이리저리 돌리다가 미국 영화에서 '첫눈에 반한다는 것은 불성실한 것'이라는 자막을 보고 안나가 생존능력도 없고 자신감이 없어 선량한 사람인 척한 나의 행동을 보고 '당신은 진실한 사람이다'라고 잘못 판단하지 않았나 하는 생각에 가슴이 뜨끔했다. '내가 진실한 사람이라고? 천부당만부당한 말이다. 나는 어리석어서 때로는 비겁해서 길을 걷다가도 부끄러운 일들이 떠오를 때면 나 같은 바보는 이 세상에 태어나지 않았으면 얼마나 좋았을까?'라는 생각을 자주 한다.

나는 헬레나와 나 혼자서 안타까운 이별을 하고 다시 바다로 나갔다가 88년 서울올림픽이 열렸던 해에 역마살이 멈추

었다. 어찌 쉽게 잊혀지겠는가! 10년, 20년 오랜 세월이 흘러도 강릉의 진료원에서 헬레나의 얼굴을 한 번 더 보고 싶었지만 끝내 뒤돌아보지 못하고 떠났던 그 순간이 가끔 한 번씩 떠올랐다. 그리고는 곧 안나의 얼굴이 겹쳐졌다. 그럴 때마다 나는 지나간 일들에 대한 부질없는 생각을 하지 않으려고 헬레나와 안나가 동시에 떠오르면 머리를 흔들어 지우려고 노력했다. 그런 일이 반복되고 버릇이 되니까 금방 잊혀졌다. 그런데도 언제부터인가 헬레나에게 전해 들은 '우리언니예요…. 이름은 안나…. 예쁜… 언니가 찾고 있어요'라는 말이 머리에서 맴돌았다. 나는 애써 그 '말의 의미와 무게를 마음에 담지 않으려고 노력했지만 잊고 싶은 생각의 꼬리를 물고 늘 마음의 짐으로 남았다.

그렇게 세월이 흐르다가 2012년 7월 초순 어느 날 새벽에 안나의 커다란 얼굴이 나를 내려다본 그날부터 아침에 눈을 뜨면 마치 귀신에게 홀린 듯이 안나 생각에서 빠져나오지 못했다. 세상에는 이상한 일도 많고 이해할 수 없는 일도 많다지만 말로만 들었지 내가 이런 일을 겪을 줄 몰랐다. 그렇다고 누구에게 이야기도 못 하고 혼자서 '정신이상자가 되었나' 하고 스스로 의심하기도 했지만 그런 것 같지는 않았다. 마치 남몰래 죄를 짓고 양심의 가책에 쫓기는 사람처럼 가슴이 두근거리고 몸이 떨릴 때는 '내가 안나에게 그렇게도 큰 죄를 저

질렀나?' 하는 생각밖에는 들지 않았다. 그럴 때마다 작은 종이에 헬레나의 이름을 적어 상냥하고 환한 웃음 지으며 나에게 건네주던 예쁜 모습이 그때는 여동생의 얼굴이었지만 그 뒤로 안나가 언니라고 생각하니 눈부시게 예쁜 여자의 얼굴로 바뀌었다. 헬레나에게 안나가 언니이고 나를 찾고 있다는 말을 듣고도 앞에 앉아있는 헬레나에 대한 그리움을 잊지 못했고, 궁핍한 처지와 초라한 나의 모습이 드러날까봐 도망치듯 떠나버린 내가 더 안타까웠다.

날마다 안나 생각에 빠져서 헬레나의 집에 초대되었던 시간들과 프레데릭 부부가 헬레나를 만나러 강릉에까지 왔으니 내가 나타나지 않아 얼마나 궁금했을까? 그리고 왠지 모르지만 헬레나 어머니의 진지하고 겸손한 표정이 자꾸 떠오르면서 나를 가슴 아프게 했다. 날마다 똑같은 생각을 반복하다가 어느 순간 오랫동안 궁금했지만 알 수 없었던 프레데릭씨의 갑작스런 이상한 행동과 안나의 혼잣말을 마치 계시를 받은 듯 알 수 있을 것 같았다. 프레데릭씨가 넓은 등으로 나를 가리고 앞에 앉아있는 누군가를 향해 억제된 음성으로 강한 압박을 했던 장면은, 작고 예쁜 안나가 처음에는 나에게 관심이 없었겠지만 내가 토막 영어로 대화를 하는 동안 차츰차츰 관심을 가지게 되었고 시간이 흐르면서 자기에게 아무런 관심을 보이지 않는 나를 보고, 안나는 자신의 외모를 헬레나의 여동생으로 인식하고 있을 것이란 생각에 '내가 헬레나의 언니이고 헬레나는 내 여동생이다'라고 말을 하려다가 아버지에게 제지당했다고 생각되었다. 그리고 헤어질 때 가족 중 마지막으로 안나와 악수를 할 때 안나의 이상한 행동과 안나가 단호하지만 혼자 한 말은 '당신은 진실한 사람이다'라고 했을 것이란 생각이 들었다. 확증은 없지만 왜 그렇게 말했을까? 관심이 호감으로 변하면서 호의적인 생각을 했을 것이란 생각이 들었다.

3년이란 시간 동안 헬레나의 가족 사이에 무슨 일이 있었는지는 모르지만 안나는 안나 나름대로 나를 향한 솔직한 마음을 부모에게 설득시켜 어렵게 내린 결정을 내게 전달했을 것인데 헬레나에게 전해 들은 나의 말과 행동을 듣고 안나는 크게 낙담을 했을 것이다. 내가 마음에 없는 이별의 말로 했던 "좋은 추억은 오래 기억하고 나쁜 기억은 빨리 잊어버리고 떠나세요"라고 한 말은 안나에게 거절의 의미로 받아들여졌을 것이고 그리고 내가 헬레나에게 붙잡을 용기도 없으면서 미련을 버리지 못하고 "아버지 어머니가 헬레나 양을 만나보라고 했어요"라고 한 비겁한 말은 안나에게 미련의 여지가 없는 마지막 통보로 들렸을 것이었다. 안나는 아버지가 넓은 등으로 나를 가리고 자기가 언니라고 말하지 못하게 한 아버지의 행동을 떠올리며 내가 헬레나의 집을 떠날 때부터 이미 불쾌

한 마음을 가지고 헬레나 가족과의 관심을 끊었을 것이라고
생각되었을 것이리라.

내가 헬레나를 3년 만에 만나러 갔으니 안나는 나를 3년을
기다렸을지 모르는데 헬레나에게 나의 말을 전해 듣고 거절
당했다는 무참함과 크게 마음의 상처를 받았을지 모른다는
생각과 안타까움에 내가 커다란 바위를 등에 지고 사는 것이
아니라 가슴에 안고 사는 마음이었다 이제 와서 안나의 일거
수일투족을 곰곰이 생각하면 생각할수록 가슴이 아팠다. 내
가 예쁜 안나에게 다가갔다가 거절당했으면 이렇게 오랫동안
미안한 마음을 가지지 않아도 되었을 텐데…. 하지만 설령 안
나가 언니라는 사실을 알았다 해도 눈부시게 예쁜 안나를 보
고 마음이 설레이는 것이 아니라 미리 마음의 경계를 했을 것
이다.

생각해 보면 30년 전이나 지금이나 마치 꿈속에서 일어난
일 같았다. 그러나 아무리 생각해도 현실이었다.

본의 아니게 헬레나의 집에 초대된 일과 일본으로 가는 항
해 중에 조미미의 〈아주까리 등불〉을 듣고 넋이 빠진 듯 슬픔
에 잠긴 것은 어머니와 누나의 죽음이 내게 전해진 것이라 생
각되었고 누나의 죽음에 절망하여 3년 동안 방황하면서 헬레

나를 찾아가지 않은 것은 나 스스로도 이해되지 않은 행동이었다. 궁금했던 헬레나 아버지의 이상한 행동, 그리고 여동생인 줄만 알았던 안나가 3년 뒤 언니가 되어 나에게 다가왔다. 안나 생각을 하면서 그때 내가 왜 그렇게 살았을까? 하고 아무리 반문해 보아도, 40년 전이나 지금이나 누나를 생각하면 가슴이 미어지고 안타깝게 그리워진다.

　나의 의지와 판단이 아니라 운명이 짜놓은 각본에 우리들은 각자의 배역을 맡은 등장인물이 아니고는 이런 일이 일어날 수 있을까? 싶었다. 죽음이 갈라놓은 슬픔보다 살아있는 이별이 그래도 덜 슬픈 것 같다.

안나에게 띄우는 편지

40년 만에 보내는 수신자 주소 없는 편지

안나 씨!

너무 늦었습니다.

먼저, 혹시 2012년 7월 초순 안나 씨에게 무슨 변고가 있었습니까?

30년이 지난 뒤 이른 새벽에 갑작스럽게 나타난 당신 모습에 처음에는 놀랍고 이상한 일이라 했지만, 다음 순간 안나 씨에게 무슨 변고가 생기지 않았을까 하고 걱정이 되었습니다. 부디 아무런 변고 없이 건강하게 잘 살고 있기를 바랍니다.

만감이 교차합니다.

그날 저녁 홀연히 나타났다가 3년 뒤 당신이 나를 찾고 있다는 말을 전해 듣고도 몰상식하게 떠나버린 그 사람입니다.

당신이 찾은 그 사람은 잘생긴 사람도 아니고 똑똑한 사람도 아닌 청소부라고 했던 그 사람이었습니다. 만약 당신이 나를 기다렸다면 그것은 기적이었고 내가 이 세상에 태어난 영광이었습니다.

내가 당신의 마음을 아프게 했다면 살아생전에 당신을 위해 그 어떤 극찬의 말도 모자랄 것입니다. 혹시라도 40년이 지난 후 보내는 이 편지를 당신이 받아 볼 수 있다면 또한 기적이겠습니다.

부모님은 지금쯤 돌아가셨으리라 생각됩니다. 미안한 마음을 말로는 못 하겠습니다.

왠지 모르게 세월이 흘러도 어머니의 모습이 가슴에 아로 새겨져 마음을 아프게 합니다.

혹시 하늘에 계신 아버지 어머니에게 이야기해 줄 수 있을까요? 그 사람이 냉정하게 떠난 것이 아니고 헬레나를 그리워하면서 불쌍하게 떠났다고요!

안나 씨!
내가 지난 40년 동안 마음의 짐을 안고 살았다 해도 이제 와서 무슨 변명이 되겠습니까?
용서해 달라는 말도 못 하겠습니다.

헬레나와 남동생 그리고 막냇동생 모두 중년이 되었겠군요.

모두 건강하게 잘 살고 있기를 바랍니다.

안나 씨, 당신이 이 편지를 받아 볼지는 모르겠습니다.

지난 8년 동안 날마다 안타까운 마음으로 당신에게 편지를 띄웠습니다만 변명과 함께 이제 보내게 되었습니다. 참으로 늦은 편지라서 미안합니다. 그때는 까맣게 몰랐습니다.

작은 종이에 작고 예쁜 글씨로 당신의 여동생 헬레나의 이름을 적어 나를 쳐다보며 상냥하고 환한 웃음 지으며 내게 건네주던 당신의 예쁜 모습, 생생하게 기억합니다. 그때는 당신의 눈빛을 까맣게 몰랐습니다. 당신의 그 모습 언제까지나 잊히지 않을 겁니다. 부디 아무런 변고가 없었기를 빌며 건강하게 살고 있기를 바랍니다.

진중한 마음으로
2020년 7월 8일

브리즈번으로 띄우는 편지

이 이야기를 마치며
살아가는 내내 잊히지 않을 그리운 얼굴들

카펜터 부인은 지금쯤 돌아가셨으리라 생각된다. 카펜터 부인과 프레데릭(Prederick) 부부는 적당한 가명을 찾지 못해 본명을 사용했다. 케리, 로라, 안나, 헬레나, 경문이, 진석이, 진숙이는 평범한 서양 사람의 이름과 한국 사람의 이름으로 바꾸었다.

세상살이 다 비슷하겠지만, 케리는 어떻게 변했을까? 특히 세월이 흘러도 로라 양과의 만남은 늘 내게 감동으로 남아 있다. 로라 양은 브리즈번에 살고 있을지 다른 도시로 이주했을지 모르지만 멋진 모습으로 나이가 들어가고 있으리라 생각된다.

누나의 죽음에 방황하던 시절 충청도에서 머슴살이할 때 만났던 여인들, 그리고 농장주인의 남동생 모두 그리운 얼굴들이다.

오대양 육대주의 많은 항구도시에 기항했지만 시드니와 브리즈번에서는 스쳐 지나가는 뜨내기가 아니었다. 카펜터 부인과 로라 양, 프레데릭 부부와 남동생과 막내 여동생,

그리고 안나와 헬레나. 감동과 가슴 아픈 사연을 남긴 브리즈번 항구는 영원히 나에게 추억을 간직한 도시로 머물러 있다. TV에서 국제적 행사가 열리고 브리즈번 도시 이름과 배경이 나올 때마다 감회에 젖는다. 내가 이런 글을 쓰게 될 줄은 꿈에도 생각해 본 적이 없다. 어설프고 유치한 글을 쓰는데 너무 힘들고 어려웠다. 내가 이 글을 써서 남기면 혹시 안나가 읽어 볼지도 모른다는, 기적보다 더 기적 같은 엉뚱한 생각으로, 글 쓰는 재주도 없고 나의 능력 밖인 줄 알면서도 안나에 대한 미안함 때문에 인내심을 가지고 끝까지 쓸 수 있었다.

안나가 이른 새벽에 나타난 지 어언 8년이 지났다.

만난 시간은 짧지만 호주와 한국에서 만났던 모든 사람들, 살아있는 내내 잊히지 않을 그리운 얼굴들이다.

지구 반대편에서 같은 시대에 태어난 프레데릭 부부와 안나와 헬레나는 전생에 나와 무슨 인연이었을까? 미국 에버딘에서 나의 이별 이야기를 듣고 서럽게 울던 여인은 누구일까?

거미줄처럼 얽히고설킨 연기(緣起)와 인연의 끈은 신비롭다. 살아보니 아무리 뒷걸음쳐도 만나야 할 사람은 반드시 그곳에서 기다리고 있었다.

— The end —

2020년 7월 8일

조용태